文芸社

目次

Before the Day　白い手紙

手紙が届いた。

味気ないほど、真っ白の。


東京の大学に来て二年。ようやくこっちの空気にも慣れてきた。

そんな頃、普段はめったに使われない郵便受けに、それが入っていた。

見慣れない真っ白い封筒に『桃山日向様《ももやまひなた》』と私の名前だけが丁寧に書かれている。私の家の住所も郵便局の消印も、何もない。

封筒の裏を見ても、何も書かれていない。

宛名だけが書かれていた。

レストランのバイトを終え、ちらっと見えた時計は夜の十一時近くを指していた。いつ手紙が入れられたのかはわからないが、家に着くまでには誰ともすれ違わなかった。手紙を持つ手に力がこもり、頭だけをゆっくりと辺りにめぐらした。どれだけ見回しても、やはり誰もいない。お父さんの懇願に根負けして家賃が少し高めのオートロックのセキュリティが厳しいマンションだ。そう簡単に部外者は立ち入れない。

視線を手紙に戻し、私宛で間違いないか何度も封筒を確認した。

映画で時々見る隠し文字を探すように、エントランスの電灯に透かして見ても、何も見えてこない。自然と眉が寄り、無意味とわかってもう一度振り返った。外の暗闇とエントランスの明かりがあるだけだ。

軽くため息をつき、手紙を握り締めたまま明かりのついていない家に入った。

玄関からの短い廊下を進み、必要最低限の家具しかない1Kの部屋の照明をつけた。焦茶のカーテンを閉め、窓を背に部屋を見回した。部屋の中央にある小さな黒色の丸テーブルには、図書館で借りてきた本が何冊も積まれている。テーブルの足元には、本屋で買った歴史書や時代物の小説がある。丸テーブルの隅っこには申し訳なさげにノートパソコンが載っかっており、周りには春休みの課題になったレポートの資料が散乱したままだ。

昨日の夜のまま片づけていない自分に肩を落とし、テーブルの前にあるベッドにどっかりと座った。手に持っていた手紙はくしゃっと音を立て、忘れかけていた私に存在を思い出させた。鞄をベッドの下に置き、しわの寄った手紙を膝の上に載せた。

見たことのある字だが、誰のものか思い出せない。

知り合いの字かどうかも怪しい。

しばらく眺めてから、鞄の中に無造作に押し込んだ。

明日も朝からバイトだ。

部屋の片づけをまたも放置したまま、ベッドに体を沈めた。

うっすらと目を開けると、散らかったままの部屋が目に入った。

言葉にならない唸り声を出し、枕に顔を埋めた。手だけを動かし、頭先にある置き時計をつかんだ。バイトまでまだ時間はある。のっそりと起き上がり、簡単に身なりを整えたあと、ベッドの向かい側にある小さな棚に借りた本と買った本を背の順に並べた。

適当に片づけたあと、こんがり焼いたトーストを食べ、手紙のことなど頭の片隅にもなく、バイト用具そのままの鞄を持って家を出た。

大学入学と同時に働き始めたレストランは、大学の近くにある。昼間はランチを目的にサラリーマンなどで賑わい、夕方から夜にかけてはバーを開くためか大学生を中心に若者が集まってくる。店員も比較的若く、ほとんどが二十代だ。

春休みになると、昼間でも若者が多く来て、大盛況。

オーダーを取って、料理を運び、テーブルをきれいに片づける。

来る人が多くなると、やることが同じでも目が回る。お客さんに向ける笑顔も、後半は頬が引きつってきたのが自分でもわかった。

「おっつー」

ディナーの準備を終えて、裏で缶ジュースを飲んで寛いでいると、同学年のバイトが入ってきた。同じ時期に入った子で、当時背中まであった髪は今、肩の辺りで切り揃えられてハーフアップにされている。私が最近茶髪にしたのは、彼女の勧めだ。

「お疲れ」

目線だけ彼女に向けた。

小柄な彼女は、私が椅子に座っていても、目線はそれほどかわらない。

「もー疲れた！　帰りたい！」

椅子に逆向きに座って、背もたれに両腕と顔を乗せてくぐもった声で訴えた。

彼女は今日、夜のバーの方も入っていた。

「ドンマイ。私は今日ランチアップだから」

得意げに言うと、恨めしげに彼女は顔を上げた。

顎を背もたれに乗せ、見てくる彼女は睨んでいるつもりだろうがかわいさが勝ってる。

「いーな、いーな。店長、あたしも帰りたいー！」

ひょっこりと裏に顔を出した店長に彼女は唇を尖らせた。

黒髪短髪、きりっとした顔つきは仕事中の空気を引き締め、お客さんへの笑顔は芸能人にも劣らないとこの辺りでは噂だ。実年齢四十七歳だが、言われなければ三十代でも通ってしまう。

そんな店長は、彼女の意見に困ったように眉尻を下げている。

「お願いだよ、ナナちゃん。バーの方もちょっとだけ、さ」

顔の前で手を合わせて、彼女、ナナに懇願している。

もっと強く言えばいいのに。

毎回思いながら、二人のやりとりを眺めた。ナナはお酒が好きで、バーの方にも顔を出すようになった。二十歳を超えるまではそっちに行かせてもらえなくて、ようやく希望が通ったとナナは去年の夏に喜んでいた。

「あと日向ちゃんも、もう上がっていいからね」

ナナとのいつも通りのやりとりを終えた店長が、にっこりと緩い笑みを私に向けた。

「はぁい」と間延びした声で返事し、缶ジュースを飲みながら、店長が裏から出て行くのを見送った。店長がいなくなると、ナナはポッケから携帯を取り出していじり始めた。

帰るか。

缶ジュースを飲み終え、中に残りがないのを確認してから立ち上がった。

「もーお帰りですか。そーですか。大事な友人残して、帰っちゃうんですか」

携帯から目線を上げ、冗談めいた口調でナナがまた言い出した。

「帰りますよ。帰っちゃいますよ。私、レポートが待ってますから。それに……」

言いかけ、頭の隅に追いやられていた手紙のことを思い出した。

「それに？」

「……それに、送り主不明の手紙が届いちゃってるから、何とかしないとだし」

真っ白い封筒を思い浮かべた。

ナナは眉間にしわを寄せて、怪訝な表情をしている。

「何それ？　ストーカー？」

「違うでしょ。ストーカーとかありえない」

出口の方に向かいながら言い、ドアノブに手をかけて振り返った。

「気味悪い」

「私もそー思う」

お互いに笑い合い、「じゃ」と簡単に言葉を残してバイトを終えた。

バイト終わりに鞄の中を漁って、手紙を取り出した。

暗くなりかけた外で、白い封筒だけが異様に浮き出て見える。レストランから少し歩いたところで、手紙を手に立ち止まった。家で確認するのは気味が悪いが、郵便局に相談に行くには時間が遅い……。

面倒臭いな。

手紙を鞄に戻して、いつも行っているカフェに足を向けた。

いつもの店、いつものコーヒー、いつもの席。

いつもならここで本を取り出すが、今日は手紙を取り出して、コーヒーを一口含んでためらわずに封を切った。私宛だから、私が切っても問題はないはず。

中から出てきたのは、封筒と同様、真っ白い便箋と一枚の写真だった。

写真を封筒と一緒にテーブルに置いて、手紙を取り上げた。最初に私の名前が書かれている。やっぱり、見たことのある字だ。数行しかない手紙を読み、徐々に眉間にしわが寄ってきた。最後の行の送り主と思われる人の名前を見た瞬間に目を見開いた。

「冴木《さえき》、ミチカ……」

小さく名前を読み上げた。

なぜ彼女から……？

高校の時に神隠しにあったと噂された少女。卒業式の前日に私の目の前から忽然と姿を消した。その後、一切連絡が取れず、警察も捜査を打ち切ったと風の噂で聞いた。いなくなってから、もうすぐ二年が経つ。

そんな人からの手紙。

もう一度じっくりと手紙の文字を見るが、最近書いたのかと思えるほど濃く、黒い字だ。住所も何も書かれていない封筒を見る限り、二年前に書いたものが偶々入ったとは考えにくい。今の住所を知っている地元の人は、お父さんと友人二人と、高校の担任だけだ。

力が抜けそうになる手を無理やり動かし、一緒に入っていた写真を取った。

「…………」

ゆっくりと息を吐き、力なく背もたれにもたれた。

写真に目線をやったまま、頭がだんだんと下に向かった。ぎゅっと力いっぱい目をつむって、目いっぱい目を見開いて写真を見つめた。

写っていたのは、崩れかけた二階建ての日本家屋だ。私の元住んでいた家の近くの雑木林で、幽霊が出ると信じられ、地元の人たちから気味悪がられていた場所に建っていた。その林の奥の奥にある場所。家屋の前には柵も何もない開けた庭があり、その真ん中には大きな梅の木が一本だけどっしりと構えている。竹や木など、太陽の光を遮るものもなく、その場だけがきらきらと光っている。

うっすらと靄のかかったようにしか思い出せない記憶に、優しく微笑みかけてくれるお兄さんを振り払うように、コーヒーを飲み込んだ。

時々、ふとした時に思い浮かぶ人だ。

長く息を吐き出し、コーヒーカップをテーブルに静かに置いた。

頬杖をついてテーブルの上に広げた手紙と写真を見比べた。

冴木ミチカが今更これらを送ってきた意図がわからない。それに、本当に彼女からの手紙だろうか。

「ぃよし」

隣の人に迷惑にならない程度に気合を入れて、携帯の画面に友人の番号をだした。

数コールしたのち、相変わらずハイテンションな友人の声が耳元で聞こえた。久しぶりに聞く友人の声に口角が上がるのがわかる。

「久しぶりぃ。モモ、元気ー？」

「元気だよ。ユリナは相変わらずうるさい」

私が一言言うと、電話の向こう側で間延びした声で「でもー」「だってぇ」と言っている。ユリナの気が済むまで放っておくと、切り替えるように私の名前を短く呼んだ。

「で、なんか用？　モモから連絡寄こすなんて、初めてじゃん」

言葉を濁して、言うか言うまいか悩んだ。

コーヒーカップや手紙を左手でいじりながら、ユリナの催促する声を聞いた。どう言おうか悩み、何も言えずにいると、ユリナが痺れを切らして話しかけた。

「まー、なんでもいーや。成人式にも帰って来なかった桃山サンのためにクラス会も用意してあげようか？」

語尾を上げて、彼女がウインクしたのが目に浮かんだ。

「で、来るならいつ？」

「んー。いつだろ？　ついさっき決心したけど、実際行くのメンドーだよね」

正直に言うと、「アンタらしい」と呆れたように言われた。悩ましげな声を出し、私も手帳を開いた。空いている日はほとんどすべてにバイトが詰め込まれている。

「三月の頭は？　ちょうど、学校のサークルとかも落ち着いてるんだよねぇ」

手帳の次のページを開いて見た。やっぱりバイトで埋められているが、あの店長にだったら、なんとか融通ききそうだな。

ユリナの挙げる候補日に印を付けながら、誰にバイトを代わってもらおうかと考えた。

「じゃ、三月十一日ね。楽しみにしといて」

自信満々に言うユリナに思わず笑えてくる。

高校の時から妙に自信を持っていた。そんな彼女と、もう一人小学校からの幼馴染ケイコと三人でよく一緒にいた。耳元では、ユリナがクラス会にケイコを呼ぶと張り切っている。

「でもさ、ムリしないでよ」

いきなり落ち着いた声色でユリナが話しかけてきた。

突然変わったユリナの雰囲気にビクッとし、肘をついて長電話の体勢をとった。ため息を吐くと、向こうはもっと長いため息をついた。

「モモは、もうこっちに戻ってこないと思ってたから。何か理由があるなら……」

「うん。でも、そっちじゃないとわかんないことだから」

「ん？　何が？」

素直な反応に、口端が持ち上がった。

冴木ミチカとは地元の愛知県の高校で出会って、そこで消えたのだ。そこに戻らないと手紙の意味も何もわからない。

高校の時に逃げたこととも向き合うのにちょうどいい。

あっちに帰るには、冴木ミチカの手紙はいい言い訳になる。

「いや。なんでもない」

「そ。まぁ、友達なんだし、存分に利用しちゃって」

軽い口調で言われた。

高校の時にも散々「溜め込みすぎるな」と耳にタコができるほど言われた。悩みがあることに勘付いていたのだろうけど、ユリナたちに打ち明けることはなかった。

「じゃ、三月楽しみにしてるー。逃げないでねえ」

二年ぶりに交わす別れの言葉を言い合い、通話を切った携帯の画面を見つめた。

折り畳みの携帯からいつの間にかスマートフォンに変わった携帯電話を見た。

高校を卒業してから二年も経ち、忘れたことも多いが、冴木ミチカのことまで記憶の隅に追いやられるとは思わなかった。手汗で波打った手紙に視線を移した。懐かしい冴木ミチカの字を見つめ、彼女の顔を思い出そうとした。

しばらく手紙から目をそらすことなく考えるが、思い出すのは彼女にまとわりつく不思議な噂と、彼女を最後に見た日のことぐらいで、他のことはうっすらとしか記憶にない。

失踪に関する手がかりは見つからないままの彼女から、いつ書かれたかわからない、手紙が届いた。

カップに残っているコーヒーを一気に飲み干した。音をたてないようにテーブルに置き、手紙の最初の行に目を滑らせた。

『日向、お久しぶりです』

私を名前で呼んでいたのは彼女だけだ。

そして、彼女を名前で呼ぶのも私だけだった。

最初の一行だけを読み、右手で持った携帯を顔の正面に動かした。携帯のアプリを開いて、仕事で忙しいであろうお父さんに帰る旨のメッセージを初めて送った。

The 1st Day

久しぶりに名古屋駅の新幹線ホームに着き、東京より少ない人の流れに乗って改札を抜けた。改札の前で、ユリナに「着いた」とメッセージを送り、携帯の画面を気にしつつ辺りを見回していると、新幹線の待ち合わせ場所に利用される銀時計の前でユリナが大きく手を振っていた。

大学生らしく明るい髪色で、セミロングの長さで巻かれている。目は付けまつげ、アイラインがばっちり引かれている。高校の時より倍ほど大きくなっている。

「詐欺だね。その目」

思わず率直な感想が口をついて出た。

ユリナは口を尖らせながら、「そんなことないもん」とまつげを気にしながら呟いた。

実際に会うのは上京の日以来だが、高校の時の感覚で話せる。

「モモは相変わらずさっぱりしてるね」

ユリナは私の顔に背伸びして近づき、じっくりと見つめた。

ナナに勧められて、暗い茶色に染めただけだ。ピアスも開けてないし、化粧も必要最低限しかしていない。ユリナと比べると、高校の時と全然変わっていない。

「見つけやすいでしょ？」

片眉を上げてみせると、ユリナは不満げに声を漏らした。

「ちゃんとやれば、モモかわいくなるのに」

「さっ。早く行こ」

一週間分の荷物の入った鞄を肩に担ぎ直して、ユリナの背中を押した。

「でも、あんたが本当に戻ってくるとはね。ウチが出向かない限り、一生会わないと思ってたよ」

ユリナが私の隣に並び直すと、二人で歩調を合わせて歩いた。

彼女はおどけるような口調で言ってから、不思議そうに左側から私を見た。高校の時と変わらず、しっかりと人の目を見て話そうとする。少し目を左にずらすと、嫌でも異様に大きな目と合う。

「まーね。そのつもりだった」

ショルダーバッグに入っている手紙を思い浮かべた。

ユリナはまだ私の顔をじっと見ているが、「ふーん」と軽い相槌を打つだけだ。それ以上に聞いてくることはない。まっすぐ前を向いて、私の隣を歩いている。静かにその横顔を見つめた。

ユリナはミチカのことを覚えているのだろうか。

ユリナは確か、ミチカに関する噂をいち早くかぎつけて、私に話した。覚えているはずだ。ユリナの横顔を見て確信をしていると、ユリナが何かを思い出したように口を開けた。

「今日、実家帰んの？」

ユリナが私を窺うようにして聞いてきた。足がゆっくりと止まり、実家という言葉に鉛を呑み込んだかのような不快感を抱きながらユリナを見つめた。

何かを察したのかユリナは気まずそうにするが、目は一切そらさずに私を捉えている。彼女の目には、いつも以上に何の感情も表していない顔の私が映っているだけだ。

実家はあの写真に写っていた雑木林の近くだ。坂をのぼりきった丘の上にある。私が使っていた部屋からは雑木林が真下に見える。写真のことを知るためにも、行くには便利がいいが行く気はない。

あの家に今でも住んでいる人、母親がいる。

あの女のしたことは、ユリナたちには言っていない。東京に行くことで、向き合うことをせず逃げたままだ。話したら、自分自身もあの女と同じようになってしまう気がする。

どれだけ黙っていても、ユリナは私が答えるのを待っている。

ユリナの歩みも自然と止まり、私の少し先で立っている。私を見上げる形で、彼女があまりしない真剣な目をしていた。早足の人たちはうっとうしそうに私たちを上手くかわしていく。

「行くつもりはないよ」

「……そっかぁ」

まだ既読とつかないお父さんのメッセージ画面を思い返した。

知らず知らずのうちに手にこもっていた力を緩め、口元だけに笑みを浮かべた。ユリナは私の様子を窺いながらも、にっこりと笑いかけてくれた。

「ま、そんな顔する理由、言いたくなった時に言ってよ」

「はぁい」

ユリナのように間延びした声で返事をし、口端を上げて彼女を見やった。

ユリナは思い切り私の背中を叩き、前をすいすいと歩き始めた。

待ち合わせの名所、金時計。先ほどの新幹線やJR改札口とは比べものにならないほど人がわんさかと溢れかえっていた。

「東京だ……」

思わずついて出た言葉は誰にも届かずに、人の間に吸い込まれていった。

百貨店の入り口も両脇に構え、ここでは確実に待ち合わせには不向きだ。待ち合わせしている相手を見つけるだけで絶対に日が暮れる。

「意外と、見つかるよ」

声が漏れていたのか、真横に立ったユリナが答えてくれた。

「慣れたしね。ほら、あそこ」

ユリナはエレベーターが四本流れる上を指さした。「あそこは比較的人少ないから、使ったりするよ」

「ふーん。人酔いする」

ユリナは慣れることを放棄した私ににやりと人悪く口端を上げた。

ユリナに連れられて、名駅の地下にあるカフェに入った。学生の帰宅時間も重なり、広いはずの店内もほぼ満席だ。

少し並んで商品を注文し、店の奥にひっそりとあるソファの席に辿り着いた。ソファにユリナが座り、その正面に荷物を横に置いて座った。目の前にはさっき来たばかりのカフェラテが湯気を立てている。

「でぇ？」

抹茶ラテを口にしてから、ユリナが切り出した。

帰ってきた理由を問いただしているのが伝わってきた。ミチカの手紙のことを言うか、迷っている間もユリナは静かにラテを飲みながら待っていた。

ユリナと目を合わせてみるが、何も言わない彼女に、言うより先に鞄から手紙を取り出した。

「ん」

白い封筒をユリナの方に押し出した。

ユリナは不思議そうに眉根を寄せ、恐る恐るといった感じで封筒を手に取った。そのまま私の様子を窺いながら、便箋と写真を取り出した。

静かに読み進めるユリナの表情が百面相のようにくるくる変わる様を観察しながら、カフェラテを何口か飲んだ。

「え。何これ？」

ユリナは意味がわからないというように、頬をひきつらせた。

「私もよくわからないんだよ。今更冴木ミチカから手紙来るなんて」

私の返答にユリナは余計混乱するように、眉をぎゅっと引き寄せた。

「いや、だから。その冴木ミチカって誰？」

ユリナは私を正面から見つめて、真顔で聞いてきた。

すぐには言葉が出ず、頭が真っ白の状態になった。お互いに相当間抜けな顔で見つめ合った。

冴木ミチカが、誰か……？

ユリナは何を言っているんだろうか。

口を魚のように数回パクパクさせ、必死に平静さを取り戻して声を出した。

「何、言ってんの。高校の時のクラスメイト……」

「えっ？　モモの高校前の友達とかじゃなくて？」

嘘をつく時や、何かを誤魔化したい時、ユリナは大抵目を逸らす。だけど、今はずっと私の目を見つめ続けている。

「ユリナとは、高校からだけど、この冴木さんも、高校からで」

「久しぶり」

言葉を遮るように、懐かしい凛とした声が聞こえた。

振り返ると、思い浮かんだ顔が立っていた。きりっとした涼やかな目元、肩の辺りできれいに切り揃えられた栗色の髪。その隙間から彼女らしい深紅のピアスがきらりと光っている。

「ケイコ……」

思わず小さな声が、ため息のようにこぼれた。

ケイコは少し不思議そうにするものの、すぐにユリナの隣に座った。

「ねぇ。冴木ミチカって子、うちの学校にいたっけ？」

ケイコが座るや否や、ユリナが彼女の方に首を動かした。

ケイコは眉を寄せると、「何その名前？」と怪訝そうな低い声を出した。

「そんな名前聞いたことないけど」

ユリナは自信たっぷりに大きく頷いて、私を窺った。

ケイコもつられたのか、私に視線を投げた。

何も言えず、真っ白になった頭で、二人の言葉を繰り返した。

ただ覚えていない、というのとは違う。

確信のようなものができ、二人から手紙に視線を移した。確かに彼女は私たちの同級生だった。一緒に話し、学祭にも参加して写真も撮っていた。

何も言葉が思いつかないまま、二人を交互にじっと見つめた。

「ま、それより、今日何時からだっけ？　クラス会」

ケイコが話題を変え、重い空気がふわっと軽くなった。ユリナもさっと明るい表情になり、携帯をいじり始めた。

「七時集合。いつもの焼肉屋」

ユリナがウインクと共に私たちに言葉を投げた。

「で、来るのが二十人くらい。立木来るから結構人集まったんだよねぇ」

ユリナが携帯をスクロールさせて、集まったメンバーに満足なのか、にやつきながら言った。

ユリナがちらっとケイコを見ると、にやっとした笑みをさらに深めた。

「佐藤も来るよ」

今度は私もにやっとしてケイコを見つめた。カップで口元を隠そうとするも、隠しきれなかったのか、ケイコが嫌そうに私とユリナに静かな目を寄こした。

「だったら何？　その目をヤメテ」

ケイコは淡々と言ったあと、ピアスを触りながら髪を耳にかけた。

ユリナと目を合わせて、イシシと笑い合った。

かつて、高校三年生の同じクラスで、大人っぽかった二人、ケイコと佐藤。この二人が、いつ付き合うのかと噂が絶えなかった。

「時間までどうする？」

ケイコが時計を見て、ユリナと私に聞いてきた。

ケイコのように時計を見ると、まだ集合時間まで二時間は余裕である。ケイコの視線を受けたあと、じっとユリナを見つめた。

「しょーがない！　まとめて、ウチの家に来な‼」


それからすぐに私とユリナはカップの残りを飲み干し、地元に向かう電車に乗り込んだ。地下から這い上がるようにして名駅から出ると、見慣れない景色が現れた。周りの景色を見ながら、十五分揺られていると、ようやく懐かしい場所が見えてきた。少ししゃがむと、地元では知らない人がいない大仏が拝める。

「なつかし」

小さくひとり言を言うと、横からユリナに小突かれた。

「おかえりぃ」

ユリナは両の口端をにんまりと上げた。

唯一座っているケイコも、静かに笑んだ表情でこちらを見上げてきた。

二人に僅かに微笑んだ目を向けてから、もう一度外に視線を戻した。

駅前に建つマンションや敷地の広い家の向こうには、畑が広がっている。でも、電車から見える範囲だけでも、畑は二年前よりも減った。その代わりに、新しい住宅街ができあがっている。それも、南下すれば、畑の方が増えてきた。

名古屋から三十分ほど経ってようやくユリナの家の最寄り駅に着いた。

駅前には家が密集し、線路のすぐそばにまである。

「ただいまぁ」

駅から十分も歩かない所にユリナの家があり、高校の時にも何度かケイコとお邪魔させてもらった。そんな家に久しぶりに行くと、ユリナのお母さんの声が奥から聞こえてきた。

その声に応えながら、玄関入ってすぐ横にある階段を上がってユリナの部屋に入った。

「うっわー。久しぶり。ユリナの部屋」

ケイコは入るなり、抑揚のない声で言った。

「もっと感情込めて」

ユリナはすぐさま振り向いて、ケイコに注文を付けた。

二年前のように、ユリナに遠慮することなくケイコと二人で適当に座った。座ってから、ぐるっとユリナの部屋を見回した。コルクボードには最近のものから懐かしい写真まで飾られ、小さめの棚には化粧品などが置かれていた。

ゆっくりと立ち上がり、コルクボードに貼られている写真の一枚をじっと見つめた。

高校三年生の文化祭終了後にクラス全員で撮った写真だ。

そこには、あの冴木ミチカもいるはずだ。

「どうかした？」

携帯をいじっていたケイコの声が後ろからした。

見ていた写真には、なぜかミチカの姿がない。私の隣にはにかんで笑って彼女がいたはずの所には、誰もいない。誰かがいたという形跡も何もない。私の隣には別のクラスメイトがいた。

「モモ？」

写真のミチカがいたはずの所に指を這わせるが、姿が浮かび上がってくるなんてことはやはり起こらない。

「ねぇ」

思ったよりも大きな、焦りのある声が出た。

振り返って見た二人は少し驚いた顔で私を見上げている。

「ねえ。冴木ミチカっていたよね？」

頷いてほしくて、まくし立てるように語尾が強くなった。

ケイコとユリナはお互いに顔を見合わせて、眉間にしわを寄せている。二人が答えるのをじりじりと長く感じながらじっと耐えて待った。ケイコがようやくこちらを向くと、心配そうな表情をしていた。

「モモ、そんな名前の子いないよ。幼稚園からあんたと一緒だけど、その名前の子はいたことない」

「でも！　ここに！」

もう一度、写真の彼女がいたはずの私の隣を指した。

「モモ、さっきも冴木ミチカって言ってたけど」

ユリナが不信感のこもった声で言ってきた。

「いたんだよ、確かに。いたはずなんだよ」

ひとり言のように写真を振り返って言った。

不穏な空気がまたユリナの部屋を包んだ。二人が、私の後ろで顔を見合わせて首を傾げているのが伝わってくる。

頭がおかしくなったと思われてるかも。でも、同級生としていたはずだ。

「じゃあさ、卒アル見てみない？」

ユリナのひらめいた！　という弾んだ声が背中側でした。

ユリナを見ると、予想通り名案だ、と言いたげなドヤ顔の笑みだ。

ユリナはすぐに卒アルを取り出し、私たちのクラスのページを開いた。担任から番号順に懐かしい学ランやセーラー服に身を包んだ同級生たちが硬い笑顔で並んでいる。

「えっとね、今日来る予定なのはぁ」

ユリナの紹介も耳に入らず、冴木ミチカを探した。

彼女の番号だった所に彼女の写真はなく、次の番号の人の写真があった。その一点をじっと力なく見つめた。

「あと、立木薫」

ユリナの声にようやく反応し、ちらとユリナを見てすぐに立木の個人写真を見た。

爽やかな笑みをたたえ、証明写真のような硬い写真にかかわらずきれいだ。今日も相変わらず、きれいな顔をして現れるんだろう。

「ふーん」

意味ありげな視線をケイコが私にしかわからないように寄こした。

ケイコの様子だと、私が立木のことを高校の時に好きだったのはバレていたらしい。ミチカしか知らないことのはずだが。

睨んで黙らせるが、まだケイコの目は笑ったままだ。

立木なら覚えているかもしれない。

ふとそんなことを思い、再び立木の個人写真に目を向けた。

変な噂を持つミチカに私以外に当初から普通に接していたのは立木くらいだった。私が彼女と初めて話した時も、立木がちょうどいた。

＊　＊　＊

「何やってるの？」

高校一年の夏休み前、学祭委員の集まりのあとに初めて冴木ミチカに声をかけた。

部活が終わったあと、委員で配られ持って帰るのを忘れたプリントを取りに学祭委員で使った教室に戻ると、冴木ミチカが窓際に一人でいた。教室には、他に誰もいない。にもかかわらず、彼女は静かに口元に笑みを浮かべていた。

〝冴木ミチカは幽霊が見える〟

みんなが噂していることを信じるわけではないが、今の状況を見ると、噂を否定できる自信がない。

冴木ミチカは私のいる出入り口の方に何も言わずに顔を向けた。

私と目が合うと、もう一度自分の目の前を見て口を開いた。

「ダメだよ？」

彼女は私に見えない何かを諭すような口調だ。

よくわからない状況に、眉間にしわが寄った。彼女も私が怪しんでいる空気をくみ取ったのか、眉を八の字にして困ったように笑んだ。

「友達なの」

誰もいないはずの彼女の正面を手で示された。

目線を投じても何も見えない。もう夕刻なのに夏だからか、まだまだ青い空が窓を通して見えるだけだ。開けられているその窓の外からは、運動部の掛け声が聞こえてくる。

「何も、見えないけど」

訝しむ視線を彼女に向けると、困ったように首を傾げている。

「そっか。もう、わかんないか」

残念そうに呟き、目線を足元に落とした。

彼女のその言葉の意味がわからず、忘れ物を取りに入るのも忘れ、廊下と教室の間で突っ立っていた。しばらくそうしていると、いきなり彼女は顔を上げ、誰もいない正面に手を振って笑った。

「ばいばい」

彼女が言い終わらないうちに私の隣に微かな風が吹いた。

何かの気配が一瞬隣でするのを感じて横を見ると、自分の右肩に蝋人形のように白い手がうっすらと見えた。驚いて目を見張って手を見つめたまま固まっていると、耳元でかすれた声がした。

『久しいな。彼女を頼む』

すぐに顔を上げるものの、何も見えない。冴木ミチカを見ると、後ろ手に手を組んで穏やかな笑みを浮かべている。

「桃山、どうかした？」

怪訝な表情の私と冴木ミチカの間に不思議な空気が漂っていると、隣のクラスの立木薫が廊下を歩いてきた。クラスの中心的な人物で、違うクラスでもその名前はよく聞く。加えて、学祭委員で一緒になってからは、嫌でも彼の統率力が目につく。前にあった春の集まりの時よりも、黒髪がのびて襟足ではねている。彼は固まっている私を不思議そうに見やってから、教室の中をのぞいた。窓際にたたずむ冴木ミチカを確かめると、不思議そうに傾げていた首をますます横に倒した。

「二人って、仲よかったっけ？」

相変わらず微笑んだままの彼女から、隣に突っ立たままの私に体を向けた。

「えっと。……そんなに」

立木は「だよなぁ」と笑みをこぼして教室の中にずかずかと入っていった。忘れ物があったのか、さっきまで座っていた机の中を探って、携帯を取り出した。そして安心したように、表情を和らげた。

冴木ミチカは立木の行動を見送って机の上に置いてあった鞄を手に取った。彼女は静かに歩んで私の隣を何も言わずに通り過ぎた。

私と立木も何も言えずに彼女が教室を出て行くのを見つめていた。

「あ、バイバイ」

私は廊下を少し進んでいた彼女の後ろ姿に思わず声をかけると、彼女は意外だったのか目を見開いて振り返った。すぐに頬をうっすらと染めて照れたようにはにかんだ。

「ばいばい」

遠慮がちに手も振って階段に向かう廊下をまがった。

「笑ったとこ初めて見たかも」

真後ろで立木の声が聞こえ、大げさに肩を揺らして振り返った。

立木は不服そうに口を尖らせて「んなビビんなくても」と小さい声で言った。立木は息を一つ吐いて一度窓の外に視線を移してから、まっすぐ私の目を見た。

いつもより若干色づいている頬が見え、彼の次の言葉に期待がこもって勝手に心が躍る。

「部活行く？」

問いかけに、自分の中が冷静になっていくのを感じる。

勝手に期待するのは、よそう。

強く思い、冷静な声で答えた。

「いや。終わったし、行かないけど」

「じゃあ、一緒に帰ろ」

笑顔も何もなく一言。

心が再び躍りだす。

期待をするのもたまにはいいかもしれない。

歩き始めた立木の背中を赤くなった顔で見て、学祭委員のプリントの存在なんてかき消えて追いかけた。

＊　＊　＊

久しぶりに思い出した、高校のひとコマ。

懐かしさにふけっている間にユリナの〝今日来るリスト〟の紹介は終わっていて、すでに出かける準備をしていた。慌てて、鞄を引き寄せて時計を見た。

予定の時刻に着くには、いい頃合だ。

「モモ、キャリー置いていってもいいよ」

「ありがと、ユリナちゃん」

一言言い、ユリナのように軽くウインクもつけておく。

三人連れ立ってユリナのお母さんに挨拶をして、いつもの焼肉屋に向かった。


母校から高校の最寄り駅までの道中にある焼肉屋には、学祭、部活の打ち上げなどよくお世話になった。その焼肉屋に予定時刻よりも早く着くと、すでに何人かは到着していた。その中には、あの立木の姿もあった。

「よー。幹事やっと来たな」

体育祭で張り切って団長をやっていた堅田が相変わらず野太い声で言い、片手を高く上げた。

ユリナはげぇと声に出しながら、顔を歪めた。

来ていたのは、堅田と立木、佐藤の三人。他はまだ来ていなくて、私たち三人は彼らがいるテーブルに座った。壁側にいる暑苦しい堅田の前にユリナ、真ん中の佐藤の前にケイコ、そして通路側の立木の前に私、という順だ。

「久しぶり」

「お久しぶり」

予想通り爽やかな笑みを浮かべた立木薫。

彼は覚えているかもしれない。

私以外の五人が近況報告をしている中、それしか頭に思い浮かばなかった。立木を盗み見るようにしていると、ふいに彼と目が合った。

「モモ！」

それと同時に横からユリナの呼びかける声が聞こえ、ケイコに強く肘をつかれた。

慌てて二人の方を見ると、ケイコは腹黒そうな黒い笑みを浮かべていた。

「桃山はどうなんだよ。東京暮らし」

ユリナの呼びかけを引き継ぐように堅田が声をかけてきた。

「あー。東京？　普通だけど」

表情も声の調子も変えずに淡々と返すが、期待通りの回答ではなかったのか、ほとんど全員にため息をつかれた。唯一ある水を飲みながら、「なに？」と面倒臭さを全面に出した声で聞いた。

「その普通ってのが、わからないんだよ」

「イケメンやっぱ多い？」

呆れたような堅田と目をキラキラと輝かせたユリナを一度ずつ見た。

「名古屋とそんなに変わらないんじゃない？　人多いし。夜は開いてる店多いし。大学の飲み会もあるし」

日頃の生活を思い出しながら話した。

無駄に広い大学を友人と話しながら移動し、それが終わればレストランのバイトへ赴く。そして夜二十三時までには家に帰って、レポートやらに追われる。テスト前や期間中は別に勉強しなくても点数は取れる。

「そんな飲み会でイケメンは？　ほら、サークルやバイト先にカッコいい先輩いるとか！」

あきらめずイケメンの話を催促するユリナ。

「イケメン、ねぇ」

イケメンと聞かれ、一番に思いつくのはアラフィフの店長だ。

「店長とか……？　あと、サークルに何人かいるかな。あと学科の先輩で噂になってる人いるよ。美男美女カップルだって」

最後ニヤリと笑ってユリナを見た。

最近バイト先で知り合った男と別れたというユリナは恨めしそうな目だ。

「へー。どんだけイケメン？」

普段は無頓着なケイコが意外にも食いついてきた。

女二人からの熱い視線に、店長とナナと撮った写真を携帯から探し出した。あとは、サークルの写真も探さないといけない。

「店長、五十近いんだけど。……これ」

写真を拡大して、店長を見せた。

男たちも興味なさそうな顔をしつつ、携帯を覗き込んだ。

話している間に他のクラスメイトたちも順調に集まってきていた。あと数人で初めてのクラス会が始まる。

「うっわ！　イケメン！　なに？　東京だから？」

堅田が意味もなく声を張り上げ、携帯を手中に収めた。

「あれで、五十手前？」

ケイコまで目を丸くさせた。

「そ。結構近所では有名なんだよ。あと、堅田、携帯返して」

堅田から携帯を取り返して、サークルの写真を探した。「私が推しなのは……」

そうして見せたのは、サークルで撮った写真だ。

去年花火大会に行った時の写真で、淡い空色の浴衣を着た同級生だ。その夏休みの間だけ色を抜いて銀髪っぽくなっていて、髪だけ見るとチャラいが、彼には似合っていた。

「あー。あんた好きそう」

写真を見て、ケイコが納得したように呟いた。

「チャラそう」

佐藤が一言言うと、立木や堅田も同意するように頷いた。ユリナは「イケメン」と写真に釘付けだ。

「今は、髪色変わってて落ち着いてるよ」

「そうなの？」

前から声がし、立木を見て無言で頷いた。

茶髪に戻してからは、彼の人気がより一層増した気がする。

「おっ！　全員集まった？」

ユリナが周りを見回して、到着した全員に声をかけた。

飲み物を頼み、全員分来ると、ユリナが立ち上がった。

「ではー。皆さまお久しぶりです。今日は全員年齢気にせず、お酒を飲めると思います！　乾杯！」

ユリナの声に合わせて、それぞれのテーブルで声が上がった。

「いいな、東京。就職では東京行く」

堅田がビールをガンとテーブルに置きながら言った。

「ウチも行こうかなぁ。モモもいるし」

ユリナもオレンジ色のカクテルを飲みながら言った。

「ケイコは？」

「私は地元でいいよ」

静かにビールを飲みながら、ケイコが答えた。

「佐藤は？」

「愛知県教員」

ユリナの問いかけに間髪入れずに、一言で返した。

「お前なら、国家公務員とかいけるだろ」

堅田がムッと眉間にしわを寄せた。

佐藤は面倒臭そうにしながら、飲もうとしていたビールを置いた。

「地方公務員ならいいけど、国家は興味ない」

「お前、試験受けに行ったり、引っ越すのがメンドーなだけだろ？」

立木が笑いながら言うと、佐藤は「そう」と一言力強く頷いた。

「立木は？」

ユリナの問いかけに、立木はビールを一口飲んでから「んー」と考えた。

「まだあんま考えてないかな。まー、法学部だし、なんの職業でもいけるんじゃない？」

あっけらかんとした答えだ。

「まー、立木も頭いいもんな」

堅田の言葉にその場の全員が頷いた。

この六人で一番頭のいい国立大学に行っている立木。その彼を見ると、困ったように笑っている。

「桃山は？」

立木のその一言で、視線が私に集まった。

その視線に大きく息を吐きながら、肩を竦めた。

「さー。私もまだ考えてない。歴史やってるし、学芸員とか」

「ま、ウチらはまだまだこれからだもんねぇ」

ウキウキしているのか楽しそうなユリナがにこにこしながら言った。

その言葉にテーブルの全員が楽しげな笑みを浮かべた。楽しい気分のまま手元にあるビールを一気に飲み干した。皆ビールやサワーなど好きに注文する中、私たちのテーブルはユリナ以外はビール一択だ。

「あんた、意外に強いね」

隣でビールを飲みながら、ケイコは私が持つジョッキを見た。

「そう？　まぁ、いろいろ試してはいるけど」

「へー。でも、桃山も竹内も酔っても変わらなさそうだよね」

立木がビールを飲んでこちらを見た。

ケイコと顔を見合わせて、お互いの酔った姿を想像した。確かに、ケイコは淡々と顔も赤くせずに飲み続けていそうだ。しかも、結構強いのを。

「瀬山は弱いんだな」

冷静な佐藤の言葉で、絡むのを避けていたユリナを見やった。

調子よく頼んだカクテル二杯目で顔を赤くさせ、目の前の堅田に無駄に絡んでいるユリナ。めったなことでは困らない堅田も、今は困り顔だ。面倒見がいい分、ユリナを振り払えずにいた。自分たちに話題が及んだことで、堅田が助けを求めるように私たちを必死に見つめてきた。

「ユリナ」

私とケイコが呼びかけると、赤い顔を向けてきた。

「ねぇ！　堅田にも聞いたんだけどさ！　立木と佐藤は、冴木ってやつ知ってる？　冴木ミチカ！」

ユリナの話題にドキリとしたが、平静さを保って立木と佐藤を見た。

突然触れられた話題に、立木と佐藤は眉間にしわを寄せていた。佐藤の方が早く首を振った。

「いや。聞いたこと、ないけど」

「はっ？」

佐藤の答えに立木が驚きの声を上げた。

立木の驚いた声に、佐藤は不思議そうな表情のまま立木を振り返った。

すぐに足を伸ばして、立木の足を蹴った。私と目の合った立木に小さく首を振った。

やっぱり、立木は覚えているかもしれない。

立木は言葉を詰まらせながら、口を少し開けた。

「いや。……覚えて、ない」

私を見つめたまま、たどたどしい言葉で答えた。

「ごめん、トイレ」

一言だけいい、私は皆の反応も気にせずに席を立った。

トイレには行かずに、そのまま店の外に出た。コートもマフラーもせずに出たせいで、若干寒い。だけど、何杯か飲んだお酒のせいで体が暖かくなっていて、冷たい空気もちょうどいい。

一人で外に立ち、白い息を吐いた。

「桃山」

低すぎず、高くもない、聞くのにちょうどよい声だ。

出入り口の方を見ると、立木が同じような薄着のままいる。その表情はちょっと焦っているような、困ったような顔だ。

「佐藤、冴木さんと同中《おなちゅう》だよな？」

無言で頷くと、立木は視線を外して地面を見つめた。

「ケイコとユリナも覚えてない」

「嘘だろ」

苦笑し、立木は同意を求める目で私を見た。

「ホントだよ。ユリナの家で、卒アルとか文化祭の最後に撮った写真見たけど、ミチカの存在がなくなってた」

さっき自分も驚いていたことを伝えると、寒さだけではないもので立木の顔が白くなっていった。

それに追い打ちをかけるように、白い手紙が頭の中に浮かんだ。

「それと、この前、東京の私の家に冴木ミチカから手紙が届いた。真っ白い封筒で」

「マジかよ……」

「私は冴木ミチカを捜す」

立木に体の正面を向けて、まっすぐ見つめた。

「でも、あいつは消えたんだろ。桃山の前で」

高校の卒業式の前日の夕方、冴木ミチカが私の目の前で姿を消した。一瞬にして。

「神隠しって騒ぎになったのに、なんで」

立木も私をまっすぐ見た。

「それを知るために捜す。見つけ出して、なんで消えたのか問いただす」

段々と熱がこもってきたが、ミチカを想像すると冷静になっていられた。

立木が覚えていたことにやっと感じた安心感に視界が揺れそうになるのを、大きく息を吸い込むことで食い止めた。立木はその雰囲気に気づき、笑いを収めて再び真剣な空気に戻った。それでも、私が目元に力をこめているのを見ると、困ったように眉を下げた。

「俺は覚えてるから」

優しく言われ、俯きながら何度も頷いた。

立木は距離感を変えずに、じっと私の前に何も言わずに立ち続けた。

自分の気持ちが落ち着きはじめて顔を上げると、立木がにっかりと歯を見せて懐かしい笑顔で笑った。高校の時に、この笑顔に惹かれたんだ。

無言でいると、扉の開くベルが鳴った。

二人でそちらを見ると、クラスメイトたちがわんさかと出てきた。

「あっ！　こんなとこにいたぁ!!」

ユリナの酔った大声に圧倒されつつ、後ろから私の荷物を持ったケイコと、立木の荷物を持った佐藤が現れた。堅田はユリナに肩を貸し、膝を曲げて歩きにくそうにしている。

「もう！　一人三千円！」

指を三本立てて、ユリナは私の本当に目の前に突き立ててきた。

荷物をケイコからお礼と共に受け取り、ユリナに千円札を三枚渡した。近くでは、立木が佐藤に渡している。

「さー！　カラオケいっくぞー」

テンションの高くなっているユリナは近所迷惑など考えずに、声を張り上げた。

横で堅田が苦笑いを浮かべている。

駅に向かう人や、ユリナの言葉にカラオケに向かう人たちの背中を見ながら、目を細めた。

ミチカをなんで忘れているんだろうか。

雲のない暗い空を見上げて息を吐くと、白い息がより一層くっきりと浮かび上がった。

真冬を過ぎたとはいえ、やはりコートとマフラーは外せない。やっと着られたコートのポケットに手を突っ込んだ。

「桃山ー？」

声のする方を見ると、立木がみんなのところから私を見ていた。

「カラオケ、行く？」

高校時代と変わらない立木。変わったのは髪の色と長さだけだ。ユリナほどではないが、私よりも明るい髪色で、高校の時には部活で短かったのが少し伸びている。

返事もせずに立木を見ていると、後ろの方でユリナが私を睨むように見ているのが見えた。私が動かないせいで、堅田もケイコも佐藤もみんなから置いてけぼりを食らっている。

「行く」

抑揚のない声で言い、ポケットから手を出した。

The 2nd Day

つむっている目を開けるのが面倒臭く、手探りの状態で自分の携帯を探し当てた。開けるのも億劫になるほど重たい瞼を少し開けた。

携帯の画面を見ると、十時前を示している。

「十時かぁ」

仰向けのまま見える天井に向かって小さく呟いた。

腕を少し動かすと、鈍い音がしてテーブルに当たった。声にならない痛みを我慢して、目線だけ動かして部屋の中を見回した。すぐ横には腕をぶつけた低いテーブルがある。テーブルを挟んだ向こう側にはユリナが大の字になってまだ眠っていて、その奥にはケイコがうずくまって目を閉じている。部屋を見る限りユリナの部屋で、昨日の夜あれだけ酔っていたのによく帰って来られたなと一人で感心した。

昨日の夜は、焼肉屋のあとに終電ぎりぎりまでカラオケで歌って飲んでいた。ユリナは焼肉屋でも結構酔っていたのにそれ以上飲んだせいで、不気味なほどずっと一人で笑っていた。ケイコも限界を超えたらしく、まれに見るテンションの高さで歌いっぱなしだった。私はそんな二人を見ながら部屋の隅に座り、重くなってきた頭を壁に預けていた。寝ている人もいたり、帰る人もちょこちょこいた。終電までユリナが粘り、くらくらするのを我慢して電車に乗り遅れないように駅まで走った。

ユリナの部屋の天井を眺め、まだ重い頭を揺らさないように起き上がった。テーブルに腕を乗せ、頬杖をついて寝ている二人を見やった。そのままボーッとし、重い息を吐いて、ユリナの部屋にある女の子らしいかわいい時計を見た。

「見にくい……」

童話をモチーフにした時計になっていて、文字盤が見えにくい。

目を凝らして見ると、起きた時から十分以上も経っている。ユリナの母親が部屋に来るることもなく、階下からの音が聞こえてくることもない。

身じろぎする音が聞こえ、そちらに目を向けるとケイコがのっそりと起き上がっていた。話しかけたら殴られそうな雰囲気をまとっていて、すぐには声をかけられずにその様子を見守った。ケイコが首に手をかけて首を回したのを見て、チャンスとばかりに声をかけた。

「おはよ」

頷くだけで、まともな返しはない。

修学旅行でも朝はこんな感じだった。朝は話すのが面倒らしく、話しかけられるのを極端に嫌がっていた。同じ茜地区に住んでいるから幼稚園からの知った仲だが、小学校の頃からそうだ。小学校の時は一切話さなかったが年齢が上がるにつれ、挨拶程度はするようになって改善の兆しは見えている。が、まとう雰囲気の悪さは増している。

ケイコは横で大きくなって寝ている部屋の主を鋭い眼光で見た。そのまま手が動くと容赦なくユリナの腹を叩いた。ユリナは熟睡しているのか、低いうめき声を出したが腹をかばうように体勢を変えただけで、起きる気配はみじんもない。ユリナの寝息が聞こえるだけで、私もケイコも何も言わない時間が続いた。それから二言三言言葉を交わしただけで、ユリナが目をこすりながら起きるのを見守った。

「おはよー」

ユリナがニコリと笑って、私たちの方を見た。

「おはよ」

私は同じように笑顔で返すが、ケイコは手を上げただけだ。

ユリナもケイコの反応には苦笑いし、時計を見上げた。

「昼前で悪いけど、外で食べよ。ブランチ」

ユリナの中ではもう決まっているかのように言われた。

ケイコと肩を竦め、すぐに出かける準備のために立ち上がった。

ケイコはいったん家に帰り、その間に私とユリナも服を着替え最低限の準備をした。準備が整い、リビングでお茶を飲みながら朝のニュースを見てケイコからの連絡を待った。

「今日はどうすんの？」

お茶をすすりながら、昨日より薄くなった化粧のユリナが横目で私を見た。

今日やることは決まっている。

冴木ミチカの足跡をたどること。その初めとして、彼女の母親に会おうかと考えていた。

「うん。ちょっと計画はある」

「どんな計画？」

興味を持ったのか、ユリナが身を寄せてきた。

東京にいた時には、ユリナたちにも協力してもらおうとしていた。だが、ミチカの存在がなくなってしまっているユリナたちにはうまく話せない。

「んー。まぁ。ちょっと」

はぐらかすも、ユリナからは無言の圧力が漂ってくる。それでも、目を合わせずにじっとユリナの興味がそれるのを待った。

しばらく沈黙が続いたあとに、ユリナの大きなため息が聞こえた。

「ま、いいけど。いつ終わるの？　その計画」

「いつだろ？　予定は午前中だけど。昼過ぎまでかかるかも」

笑ってごまかすと、ユリナには目を細めて睨まれた。

ははっと乾いた笑いをし、ユリナの目を見つめ返した。

「まっ、その後でも付き合ってくれるなら、問題ないけどぉ」

そう言って興味が失せたかのように、テーブルの上に置いていた携帯を手に取った。

携帯にはタイミングよくケイコからの連絡を告げる着信が入り、二人で揃って家を出た。


駅に着くと、ホームのベンチにすでにケイコが座っていた。

俯いたまま携帯をいじっていて、目の前に立つと、ようやくゆったりとした動作でこちらを見上げた。ユリナはためらわずにケイコの隣にどっかりと座った。

「電車って、もーすぐだよね」

ユリナは携帯を鞄の中にしまって、手足を投げ出した。

柔らかい日差しがホームに差し込み、ユリナは気持ちよさそうに目を閉じかけている。

三人で一つのベンチに座ると、五分も待たないうちに赤い車体の二両列車がホームに滑り込んできた。

それに揺られ、三駅。

高校の最寄り駅に着いた。

藤地区と呼ばれるそこは、駅前にマンションが立ち並び、高架になった駅内にちょっとしたスーパーが入っていたりする。部活帰りの高校生には、小腹を満たすためのいい店がある。

駅前の道路の向かい側、高校の時に三人でよく行った喫茶店がある。人懐っこい笑顔の素敵なおばさんと無口で時折笑顔を見せるおじさんの夫婦でやっている店だ。私たちの通っていた高校の生徒には人気だった。

喫茶店はこぢんまりとしていて、知る人ぞ知る名店。一歩入れば店内を見渡せるほどの広さだ。しかし、料理の品数は多く、どれを頼んでもはずれはない。夫婦も気さくだから、近所のおじいちゃん、おばあちゃんに主婦の方々から学生までいろんな人が利用する。

店内の一か所に小ぶりな花瓶が置かれた丸窓があり、そこが高校時代からの私たちの定番の席になっている。花瓶には必ず何か花が生けられていて、今日は黄色の小花が生けられている。私は窓と対面する席に座り、右にユリナ、左にケイコと高校の時の位置のままだ。注文を取りにきたおばさんに、メニューを見ることなくセットメニューをそれぞれ頼んだ。

「卒業以来だな」

おばさんが立ち去ってからケイコがぼそりと呟いた。

　ユリナは結構来ているのかびっくりして、前に座るケイコを見ている。四人掛けの正方形のテーブルを囲むようにして座り、窓際の席が一つだけ空いて荷物置き場になっている。

「ここ、佐藤がバイトしてるよ」

　ユリナがおもしろそうにして言った。

「まぁ、気遣いはできるしね」

　ケイコが頬杖をついて気の抜けた声色で言った。

「それでもだよ？　塾の講師でもするかと思ってた」

「家が近いとかじゃない？　面倒なこと嫌いじゃなかった？」

　ちょうどおばさんが持ってきてくれたセットに目を奪われながら適当に言った。

　高校時代はちょこちょこ見ていて慣れたと思っていたものも、久しぶりに見るとおいしそうだ。私が頼んだものは、こんがりと焼けた厚切りのトーストが一枚と、スクランブルエッグ、サラダ、秘伝のタレがかかったミートボールがワンプレートに載っている。店主さん特製のスープ、トーストに付ける日替わりのジャムとフルーツが盛りだくさんのヨーグルトもついている。これでワンコインなのだから、学生にとっては優しい。

「ケイコっていっつも和食だよね」

　ユリナがつまらなそうに、ケイコの目の前にある品を見やった。

　湯気の上がる白米に味噌汁、漬物と納豆がついている。その横には茶碗蒸しのような卵とじがついている。

「やっぱデザートないとねぇ」

ユリナは目の前にある食事を嬉々として見つめた。

フルーツ重視のプレートで、腹を満たすというよりも間食に食べるものという印象の方が強い。ブランチらしいのは、ハムやトマトが挟まれたサンドイッチだけだ。

「私はユリナがそれで夜まで持つのがすごいと思う」

ケイコは冷めたように言って、味噌汁をすすり、納豆を白くなるまでかき混ぜた。

食べる時は誰も何も話さずに食べ進めた。今日のジャムは季節先取りのイチゴジャムで、酸味も少しあって甘すぎず私好みの味だ。最後の一口になったトーストを食べ終わり、デザートのヨーグルトにようやくたどり着いた。ユリナも蜂蜜がかかったフルーツ盛りを食べていて、ケイコは食事を終えていて緑茶を飲んでいる。

「今日、どっか行くの？」

湯呑みの飲み口を親指で拭いながら、ケイコが私たちを見ずに聞いた。

「いんや。特には。なんかモモは予定あるみたいだし」

「へぇー。予定、ねぇ」

怪しい笑みを向けてきたケイコにムスッとした表情をした。

「午後には暇になる予定です！」

そう強気にケイコとユリナに宣言した。

ケイコは余裕な態度から気の抜けた笑いをこぼすと、椅子にゆったりともたれた。

「ゆっくりすればいいんじゃない？　やっと帰って来たんだし」

「まー、そーね。でもウチ、今日の夜バイト入れちゃってるんだよねぇ」

ユリナはへへと笑い、ケイコは「いいんじゃない」と興味なさげだ。

「どこでバイトしてんの？」

「空港。のレストラン」

ユリナがブイサインと共に教えてくれた。

ここから電車で三十分くらいの所にある国際空港。ユリナの話では、高校の同級生でもバイトをしている人たちが結構いるらしい。

ケイコは名古屋のおしゃれなカフェでバイトしていることも発覚し、新たに近況報告をし合っていると、入店を知らせるベルが鳴った。三人して出入り口を見ると、黒髪で銀縁目鏡をしている佐藤がいた。変わっているところはなく一目見て佐藤本人だと分かる。昨日の飲み会では眼鏡をしていなかった。噂好きのユリナによると、大学からコンタクトに変えたらしい。

「変わってないね」

「まあね」

佐藤を見たまま呟くと、静かな店内では佐藤の耳にまで届いたのか、顔だけこちらに向けられた。軽く口角を上げて、おばさんと挨拶を交わすとすぐに奥に引っ込んだ。

少しすると奥から白シャツ、黒のサロンを巻いた佐藤が出てきた。それを見つけたのか、ユリナが面白がって手を上げた。

佐藤はそれに気づくも、一度無視し、面倒そうに肩を落としてこちらを力なく見た。

「何か？」

「コーヒー三つ」

ケイコが指で三を示しながら、佐藤の顔の目の前に突き付けた。

「はい」

佐藤は私たちの茶碗やプレートを上手に重ねてトレーに載せて、くるっと回転して颯爽と厨房の方に入っていった。

「佐藤って、表情変わんないよね」

高校の時から思っている率直な感想を述べてみると、ユリナが適当に頷いて最後のイチゴを頬張った。もう一度厨房の方を見ると、ちょうど佐藤がトレーにカップを三つ載せて出てきていた。相変わらずの無表情で、知らない人が見たら絶対に怖がるだろう。

「コーヒーです。ごゆっくりどうぞ」

丁寧に私たちの前に一つずつ置いた。

ユリナの前にだけミルクが置かれ、ケイコは窓の方にある砂糖の入っている入れ物を引き寄せた。ケイコは角砂糖を一個だけ入れ、そのあとにユリナが何個も入れた。佐藤はそれを、嫌そうに眉を寄せて目をそらした。

それでも、立ち去ろうとしない佐藤を見上げると、いやに鋭い目を備えた整った顔がこちらを見ていた。

「ねぇ」

身構えると、構わず佐藤が話しかけてきた。「冴木ミチカって、さ」

いきなり来た冴木ミチカの名前にドキリと胸がはねた。

ユリナとケイコもコーヒーから目だけを若干こちらに向けたのがわかった。

「その、人が？」

あくまで知らないフリをしつつ、聞き返した。

佐藤は一瞬だけ、わからないいくらいに眉間に力がこもった。

「知ってるの？　桃山」

どうなんだよ？　と言われているような上から突き刺さる視線に硬直した。

「……知らないけど」

何とか絞り出した声で、続けざまに佐藤に問い返した。「佐藤は、知ってるの？」

「いや。知らない」

一呼吸もおかないうちに否定が返ってきた。

「ただ……」

「……ただ？」

どこか遠くを見るような目になり、言葉を詰まらせた佐藤に彼と同じ言葉を投げかけた。

佐藤はいつになく優しい目つきになると、口元に僅かに笑みをたたえた。

「なんとなくな。どんな奴かは知らないけど。……なんとなく」

「知ってるの？」

佐藤の言葉を遮って、ユリナがいつもよりも冷静な低めの声を出した。

「知らないって」

それに対して嫌そうにもう一度否定をした。

佐藤とミチカは同じ中学校だった。佐藤の中には、なんとなくミチカの存在が残っているのかもしれない。なんで存在が消えたかわからない彼女のことを知るには、手紙の通りに彼女に会うのが一番なんだけど。〝私を見つけられますか〟写真の裏に一言書かれていた。

「なんとなく、か」

ユリナもケイコも忘れ、写真からさえもいなくなった彼女の存在をなんとなくでも知っていてくれるのは、この上なく嬉しい。

にやつきそうになる表情を無理に引き締めて変な顔になっていると、同級生三人からすぐさまキモイとの言葉を浴びせられた。

喫茶店を出て、ユリナとケイコと別れると、駅の近くにある殺風景な公園に来た。ジョギングやハイキングのコースが公園の脇を通っており、その近くにベンチが設置されている。大きめの木がジョギングコースに沿うように生い茂っている。

ちょうど陰になっているベンチに腰かけ、誰もいない公園をぼーっと眺めた。大学進学の時に、進学祝いとしてお父さんが買ってくれた時計を見て、時間を確認した。まだ何も考えずに顔を上げて、空を見上げた。

この辺りに住んでいたはず。

車や自転車の通る音を耳に入れながら、ぼんやりと思った。

冴木ミチカは佐藤と同じ中学校出身だ。高校の最寄り駅からもほど近いこの公園が彼らの中学校の校区だ。辺りには、住宅街が広がっている。

ミチカは、たしかアパートに住んでいると言っていた。

思い立ち、すぐに勢いよく立ち上がった。

「うっし」

気合をいれ、住宅街の方を睨んだ。

住宅街の中に入ると、アパートなんてなくて戸建ての住宅ばかりだった。歩きまわっているいると寒いはずなのに、ホカホカしてきた。マフラーを外し、一度立ち止まった。

「くっそ。どこにあんのよ?」

誰もいない通りで、一人悪態をついた。

見渡しても、二階建ての家しか見えない。途方に暮れ、見上げた先に背の高いマンションが見えた。駅前にあるマンションで、住人に怪しまれる中、玄関にある郵便受けの名前を端から端まで見た。

そのマンションから目を外して、舌打ちをした。

目的もなく、ゴールも見えなく、目の前にある住宅街の坂を上った。

上り切ったところには、こぢんまりとした二階建てのアパートがあった。その前には、ブランコとボールで遊べる広場のある公園があった。目の前を幼稚園くらいの女の子たちが楽しげに走って、公園に入っていった。

「桃山、日向さん？」

子どもたちで賑やいでいる公園を見ていると、後ろから声をかけられた。

振り向くと、線の細い色白の女性が立っていた。色素の薄い髪を後ろで一つ、両手には買い物袋が提がっている。

「そうですが……」

答えると、か弱そうな女性は不安そうな表情から、一瞬で嬉しそうに笑顔に変わった。


彼女が冴木ミチカのお母さん。

言われるがままに家に上がり、リビングに座っている。ミチカのお母さんはキッチンでお茶を淹れ、私の目の前に回ってきた。

「なんで、名前を知ってるんですか？」

単刀直入に聞いた。

前置きの言葉も呼吸もなく聞くと、ミチカのお母さんは少しだけ目を見開いたあとに穏やかな笑顔を私に向けた。

「ミチカが話してくれていたから」

上品に、優雅にカーペットの上に座った彼女は、嬉しそうにしていた。

「よく、あの子の話に出てたの。仲良くしてくれて、ありがとう」

「ミチカが……」

「あの子、お父さんと同じで不思議なものが見えたから。よく、からかわれてたの。父親はミチカが生まれて一年くらいで亡くなったから、相談できる相手もいなくて」

彼女は視線をずらした。

つられるようにして見ると、そこには小さな仏壇が供えられている。穏やかな笑みを浮かべるミチカのお母さんに似合う、優しげな男性の写真がある。

父親と同じように、不思議なものが見える……。

「それよりも！　ミチカのことを名前で呼んでくれてたのね」

不思議なものとは何か？　と思ったことを言おうと彼女を見ると、弾ける笑みを向けられた。

弾んだ声に、目を丸くさせた笑み。

ミチカに、似ている。

「ええ。まぁ、成り行きで」

苦笑いにも近い表情を浮かべた。

もう一度仏壇の方に目を向けた。

父親の隣には、ミチカの淡く微笑んだ写真がある。その隣には、ユリナの部屋で見た文化祭の写真も飾られていた。しっかりと、ミチカも写っている。

私の隣で、恥ずかしそうに、顔を赤らめてはにかんだミチカが確かに写っていた。

＊　＊　＊

三年生に上がって、勉強をする気も特に起こらないまま新緑の季節になった。窓から見える桜の木は青い葉が茂っている。席替えをして、窓際の前から二番目という過ごしやすい席になった。

部活も終わった今は、授業後に一人教室に残るのが習慣だ。開け放した窓からは爽やかな風が流れ込み、机の上に開かれたままの参考書のページを勝手にめくり上げていく。

「ごめんなさい」

弱い声が聞こえ、振り返った。

教室後方の扉の所に冴木ミチカが立っていた。いろんな人からの心無い噂にも平然として、何を言われ、避けられても表情を変えない。ちょっと不思議な子だ。

冴木ミチカは少し頭を下げてから、教室の中に入ってきた。私の前が彼女の席で、席まで来るとしゃがんで机の中を見ている。

「どうかしたの？」

彼女の小さく丸まった背中を見つめながら、ためらうことなく機械的な声を出した。

冴木ミチカは机の中を見たまま唸り、くるっとこちらを向いた。

「今日提出のプリントがなくて、ここかと思ったんだけど……」

ないみたい。とはにかんで立ち上がった。

今日提出のプリントは、進路希望調査だけだ。担任の江口先生は提出物には厳しいから、今日出さなければ彼女でも容赦なく怒られるだろう。普段の生活態度が良い彼女から、プリントをなくすなんて失態は考えられないが。

「私のでよければ、あげるけど」

机の端で用もなくあるファイルから、一枚紙を取り出した。

彼女は目を泳がせて、受け取ろうとはしない。

「私、このプリントコピーして二枚あるから。私の分はもう出したから安心して」

ここまで言っても、受け取ろうか、受け取らまいかと悩んでいる。

ユリナなら、差し出した時点で喜んで受け取っているはずだ。そんな光景を思い浮かべて、目の前でうじうじと悩んでいる冴木ミチカにプリントを押しつけた。ついでに、筆箱からシャーペンを取り出して、椅子に座らせた。

「さっさと書いてよ」

言葉がきつくなりすぎないように気をつけながら、押しつけられきょとんとしている彼女に言い放った。冴木ミチカは自分の机に向き合い、プリントの空欄を埋め始めた。

再び、夏にはまだまだほど遠い涼やかな風が入ってきた。冴木ミチカの色素の薄い長い髪をなびかせ、廊下に抜けていく。いつもは耳の下で二つに結んでいるが、今は下ろしている。存在自体が淡く、儚くて、風に乗って今にも消えてしまいそうだ。

「きれいだね」

勉強をする気も起きず、ペンの代わりに彼女の髪に触れた。案の定、ふわっとしていて、うらやましいほどきれいな髪だ。私は真っ黒だし、彼女のように柔らかくない。

「ありがとう。……やっぱり、日向ちゃんだね」

冴木ミチカは書き終えたのか、振り向きながらこぼした。

「やっぱり……？」

彼女の言った言葉に引っかかり、聞き返すが柔らかい笑みを返されただけで、言葉は何もない。髪に触れたまま、彼女と見つめ合った。彼女の目に懐かしさを感じるが、はっきりとした感情は生まれてこない。もやもやする。

冴木ミチカは話題を変えるように、手を軽くたたき、楽しそうに唇が弧を描いた。

今までに見たことのないような、感情を隠していない笑みだ。

「桃山さんがよければなんだけど、日向って呼んでもいい？」

突然の申し出に、曖昧に何度か頷いた。

冴木ミチカは嬉しそうにフフッと笑い、私の名前を呼んだ。髪から手を下ろし、満面の笑みの彼女をじっと見つめた。クラスでは見かけない表情だ。いつも目が合えば微笑んでくれていたが、どこか感情を隠しているのは感じ取れていた。

「じゃあ、私もミチカね」

楽しそうに私の名前を呼ぶミチカに、口角を上げて微笑んでみせた。

ミチカは力強く頷き、歯が見えるような笑みをたたえた。

＊　＊　＊

写真から少しだけ、ミチカのお母さんに視線を向けた。

見ると、静かに湯気の立つお茶を飲んでいた。私の視線には一切気づかず、穏やかに座っていた。湯呑みを置くと、パッと顔を上げた。待ってて、と控えめな声で言い、手でその場にいるよう制止された。

隣の部屋に入っていき、少しすると数枚の写真を手に戻って来た。

「これ」

写真には白いワンピースを着た少女がこちらに笑いかけている。周りは自然に囲まれていて、彼女がいる並木道には木漏れ日が差し込んできている。

「これはあの子が見えるようになってから撮ったものなんだけど」

ミチカのお母さんは言葉を切って肩を竦めてから、写真のミチカの少し後ろの木を指差した。

写真に顔を寄せた。よく見ないとわからないが、木陰からキツネの面がうっすらと見えている。淡い寒色系の色の和服の袖口も一緒に見える。

「ミチカが小学校低学年の夏に私の母の家を訪ねたことがあったんだけど。それ以来、こうやってこの人が写真に写るようになったの。……まあ、時々なんだけどね」

ミチカのお母さんは数枚の他の写真も私の前に出した。

小学校や中学校の学祭の写真や旅先で撮ったような写真だ。学祭の写真では常に一人で、友人と撮っている写真はない。生徒が写っていても遠巻きに彼女を見ていて、怪訝な目つきをして口元を隠して何かを話し合っている。同じ中学だと言っていた佐藤も時々写真に写っている。

差し出された六枚のうち、一、二枚にキツネの面が写っている。学年が上がるにつれ、キツネの面は最初に見た写真よりもはっきりとした輪郭になっている。最後に差し出された高校の写真には、全身が写るようになっている。

高校の時、ユリナから冴木ミチカがいじめられていたと聞いた。高校ではあまりその姿を見ることはなく、むしろ三年の夏以降はクラスに馴染んで過ごしていた。机の上にある写真を見た。どの写真でも、いじめられていたという小、中学からは考えられないくらいの笑みをこちらに向けている。

ミチカのお母さんは家から出る時に、キツネの面がきれいに写っている写真を貸してくれた。写真は高校の文化祭の時のものだ。ミチカのお母さんいわく、ミチカが初めて友人と撮った写真だという。彼女はそれを嬉しそうに話して、渡してくれた。

やっとミチカがしっかりと写っている写真を見ることができた。

「あの」

再び、ミチカの写る文化祭の写真を見つめた。「ミチカは今、どこにいるんでしょうか」

明確な答えが返ってくるという期待もなく、小さく尋ねた。

「どこかしら」

一度言葉を切ってから続けた。

「卒業式の前日だったわね。あの子が、行ってしまったの」

ミチカのいなくなった日を思い返すように、ミチカのお母さんは遠くを見つめていた。

じっと彼女を見ていると、ふと目を上げたミチカのお母さんと目が合った。一瞬驚いたように目を丸くさせたが、すぐに優しく目尻を下げた。

卒業式の前日に、突然姿を消したミチカ。

私の目の前で、誰かの手に引かれて笑顔で去っていくミチカ。

「あの子は、元気よ。笑っているはず」

だんだんと暗く、俯いていた私に励ます声が届いた。

顔を上げると、ミチカのお母さんが真っ直ぐこちらを見ていた。

「私たちの近くにいるはずよ。だから、顔を上げて」

ゆっくりと、ミチカに似た笑みを見た。

ミチカのお母さんに見送られ、外に出ると雲のかかった空になっていた。アパートの前で、空を見上げて大きく息をついた。

この後はユリナとケイコとまた会うのだ。

携帯を見ると、痺れを切らしているのがよくわかるユリナたちからのメッセージが届いていた。画面をただ見つめ、アパートの前でどうしようかと悩んでいると、ユリナからの着信。

しょうがなく耳に当てると、賑やかな彼女の声が耳をつんざいた。

「モモー!!　どっこにいるの？」

「住宅街」

短く一言で返すと、あっちからユリナの呆れる声と、ケイコの不敵な笑い声が聞こえた。

「ウチら、新しくできたカフェいるからぁ」

ユリナの軽い言葉のあとに、携帯にメッセージの知らせが鳴った。

よく乗り換えで使っていた駅にできたカフェのホームページと行き方が添付されていた。

それを目指して、電車に乗った。

高校時代、乗り換えで使っていた地元で一番大きな駅は古びた、良くいえば趣のある所だった。

　以前は店さえなかったはずなのに、いろいろと洒落た店がいつの間にか立ち並んでいた。駅の目の前には噴水も設置された広々とした広場がある。

「いつの間に」

　広場の噴水で遊んでいる小さな子供たちや、広場に設置されているベンチに座る高校生を見つめながら小さく言葉が出た。

　見なれない場にきょろきょろしながら、ユリナが指定したカフェに入った。

　店の奥の方に二人はいて、私と目が合うと軽く手を上げた。

「変わったでしょー」

　得意げに言うユリナに、素直に頷いた。

　二年でこんなに変わるとは思わなかった。これなら、高校生も寄り道し放題だ。私たちみたいに唐揚げや肉まんではなく、なんとかフラペチーノとか頼めてしまう。

　羨ましい。

　温かいコーヒーを頼み、ユリナとケイコとテーブルを囲んだ。

「で、ユリナと話してたんだけど、あんた実家には戻らないの？」

　唐突な話題に、一瞬コーヒーが喉に詰まった。

　息を整えてからケイコを恐る恐る見た。アイラインでクールさが増した目にじっと見つめられ、少しだけ身が引けた。

「お父さんとは会うよ」

未だ既読とつかない画面を思い浮かべた。

仕事が多忙な父はめったに携帯を見ない。以前に携帯の意味がないと責めたが、それでも効果はないままだ。

「お母さんの方は？　離婚したあと、お父さんの方に親権いったのは知ってるけど」

ケイコがちょっとだけ声を潜めた。

ユリナも柄にもなく深刻そうな顔をしている。その状況に笑えてきたが、口元に力をこめて表情を変えずに話に加わった。

「別に、ね。ま、わざわざ連絡とってまでって感じ」

コーヒーカップの端を見つめたまま、なんとなく答えた。

言葉の通り、連絡とって、時間合わせて会うほどではない。目線をカップに向けたまま、一口飲んだ。いつまでも会話が進まない二人をちらりと見ると、凝視されていた。瞬きもなく、本当に凝視だ。

「何？」

その二人に口の端をひきつらせた。

コーヒーカップを持ったまま二人を交互に見た。それでも二人は何も話さずに、黙って私を見つめている。こういう時ばかり、この二人は息がピッタリだ。

何も言わないケイコとユリナに呆れて、小さく息を吐いた。コーヒーカップを音なくテーブルに置き、私も正面から二人を見つめた。

しばらく静かな空間が漂ったかと思うと、二人は同時に視線を下ろした。肩を大きく落とし、「はあぁぁぁ」と大きなため息まで同時だ。下げた頭の方向まで一緒だ。

「……何？」

ちょっとだけ苛立ちの混ざった声色で声を出した。

先に私に視線をやったのはケイコだった。

「いーや。別に。……ね」

ケイコの投げかけにユリナがようやく頭を持ち上げた。

私に向ける視線は恨めしそうな怨念のこもった目だ。

「何……」

眉間にしわが寄ったのがわかった。

視線だけで訴えられてもわかるわけがない。

ユリナは少しの間だけ頑張ってから、諦めたのか、鼻を鳴らしてそっぽを向いた。それでも、甘ったるそうな期間限定のドリンクを口に運んだ。

「なんだったの？」

眉間にしわを寄せたまま、口端が引きつったまま、ケイコの方に顔を向けた。それでも、ユリナの様子は気になり、目は彼女の方を向いたままだ。

「なんでもないって」

棒読みだ。

何の感情を含むことなく、ケイコが淡々とした声で棒読みした。

ユリナに向けていた視線がゆっくりとケイコに移った。視線の先では優雅にほうじ茶ラテを飲んでいる美女がいる。さっきとは打って変わって一切視線が合わない。

カップを口元につけ、ちびちびと飲みながら見つめるも変わらない。

「まーあ、モモがこんななのは昔っからだけどぉ」

ふて腐れながらユリナがぼやいた。

ケイコも静かに頷いて同意していた。

その二人の眉間に深くしわが刻まれた。確かに、高校の時にこんなやりとりをした記憶もある。どんな成り行きでそうなったのか忘れたが、高三の時だった。

冴木ミチカに話したあとだった。

二人が今みたいな感じでかるーく話を振ってきたが、うまくはぐらかすことも、伝えることもできずに微妙な空気にしてしまった。

じっとりとした感覚が胸の中に這ってきた。

自分でもわからないが、付き合いの長いケイコや仲の良いユリナにそのことを伝えるという考えに至ったことがない。むしろ、知られたくないと思っていた。

そっと前にいる二人を盗み見た。それぞれ、頼んだものをおいしそうに飲んでいる。二人の顔を見ると、口が貝になる。

「うっち、バーイトー」

ユリナがリズミカルに言い、コトン、と飲み切ったカップを置いた。

すでに飲み終えていたカップを音なく置いて、三人揃って立ち上がった。息を合わせるわけでもなく、同時に店の出入り口に向かった。学校終わりか、懐かしい格好の学生たちがちらほら見えだした。セーラー服に黒タイツ。3月でもまだ寒さの残る今はピーコートにマフラーも追加だ。

「あんた、どうするの?」

改札を通りながらケイコが聞いてきた。

顔を少しだけこちらに向け、鋭い目を寄こしてきた。電子カードをかざしながら、ケイコの隣に並んだ。

「久しぶりに、茜地区行こうかな……」

まっすぐ前だけを見て言った。

特に隣からの反応もなく、すんなりと電車に乗り、懐かしい駅に向かった。

普通電車しか止まらない茜地区の駅。そのため、空港まで一時間もかかるのにユリナも普通電車に乗り込んだ。三人並んで座り、私だけが懐かしくなる景色を眺めた。だんだんと高い建物もなくなっていき、線路のすぐ脇に一軒家が建ち並んできた。

「なっつかし」

思わず一言がこぼれた。

乗車して十分。ゆったりとした速度で、小さな駅に着いた。六両車両だと後ろ二両の扉が開かないという小さい駅だ。屋根があるのもそのホームの半分しかない。

「じゃ、また」

「またね」

ケイコと一緒に、ユリナに別れを告げてホームに降りた。

電車が去ったあとでもきょろきょろと辺りを見回した。屋根のない所からは、駅前にある地元のおばちゃんたちが行く美容室が家に挟まれてある。

「モモー」

いつの間にか改札を出ていたケイコに呼ばれて、誰もいないホームを慌てて駆け出た。

改札を出てすぐに見えるのは、囲碁教室とだいぶ昔にしまったクリーニング屋。そしてそこを出発点として長く伸びる急な坂。坂の脇には、桜の木が連なっている。

「ちょっと色づいてきてるね」

その桜並木を歩きながら、見上げて言った。

ケイコも同じように見上げて「そうねー」と相槌を打った。

「花見もしたね」

ケイコは桜の蕾を見上げながら、目尻を下げてうっすらと微笑んでいた。

坂の頂上を見つめ、三人で賑やかにここを歩いたのをぼんやりと思い浮かべた。

三人とも鞄も何もかもほっぽり出して歩いた。ユリナは車が全く来ないのをいいことに道路の真ん中を後ろ歩きで坂を上って、珍しくテンションの上がっていたケイコがそれをダッシュで抜かしたりしていた。風がざぁぁぁと吹き、花びらが舞った時に撮った写真は今でも携帯を見れば一番に目に入る。

「そういえば、ここ。整備して住宅街にするみたい」

坂の頂上を右に進んでしばらく経ってからケイコが教えてくれた。

彼女は私たちの左側を指さして立ち止まった。左側には、噂の雑木林がある。小学生には肝試しに人気の場だ。ロープで入れないようにしてあり、歩道のすぐ側から背の低い雑草が一面に広がっている。土がむき出しの細い道が一本だけ雑木林まで伸びている。

この雑木林の奥。そこに、冴木ミチカからの手紙と一緒に入っていた写真の場所がある。

「そう、なんだ」

思わず立ち止まり、視線の先にある雑木林を眺めた。

一本の細い道の先には木がなくそのまま道が続いている。小学校低学年だった頃、同級生の男子が肝試しと言って、夏の夜に雑木林の中にあるという屋敷に挑んでいた。その時に、白い光を見たり、何か動物の鳴き声が大きく響いていたらしい。

「ま、そんな声聞こえたことないけど」

ケイコと雑木林の方に体を向けて立ち止まった。

「ここの管理してるおじいちゃんが昔に浴衣着た男見たみたいだけど」

「そうなの？」

初めて聞く話に雑木林から目を外した。

「うん。話したことなかったっけ？　おじいちゃんの話」

ぶんぶんと大きく頭を振って、ケイコに話を催促した。

「昔ね。おじいちゃんがまだおじさんだった時。木の手入れとかであん中入ってて、夏に偶々暗くなるくらいまでいた時に火の玉が出たみたい。怖くなって腰抜かして動けなくなって火の玉見てたら、狐の仮面つけた人が来たみたいよ」

ケイコがきれいに弧を描いた笑みで顔を覗き込んできた。

「その狐面が、男なの？　……幽霊？」

「さぁ。狐面の声が男だったみたい。でも、すっごいきれいな声だったって。しかも髪もサラサラしててうなじくらいまでしかなかったらしいけど、長かったら女だと思ったって言ってた」

「狐火、とか？」

ちょっと面白くなって、ニヤッとして言ってみた。

「そうかもね。狐の面してるくらいだし」

「でも、悪いヤツじゃなかったんでしょ？」

「うん。そのままおじいちゃんをあの、雑木林の入り口まで案内してくれたみたいだし。でも、不思議なのが」そこでケイコは楽しそうに目を細めた。「おじいちゃんがお礼を言おうと振り返った瞬間、煙みたいに消えたみたい」

煙みたいに、消えた。

思わず冴木ミチカが消えた映像が頭に流れた。

白い手に引かれて、ふわっと白い霧に包まれるようにいなくなった彼女。

やはり、写真が示す場所はここだ。ここにある奥の家に行けば、冴木ミチカに会えるかもしれない。

「ミチカ……」

呟いてから恐る恐るケイコを見た。

ケイコはまだ雑木林を見ながら、雑木林に関する話を淡々と続けていた。聞かれていないことにほっと胸を撫でおろして、ケイコと同じ方を再び見つめた。

「で、女の子がいなくなったみたい」

全然聞いていなかったケイコの話がいきなり物騒なものになった。

雑木林を見つめたまま眉間にしわを寄せて、低い声が出た。

「どういうこと？　そんなこと、ここであった？」

「あったよ。私たちが小学生の頃。夏の日に一日だけ。ほとんどの人が忘れちゃって、どうやって戻って来たのか。犯人が誰なのかもわからないけど」

ケイコが肩を竦めたのが気配でわかった。

「……何それ。一日だけいなくなったの？」

「そう。たった一日だけ」

ケイコが人差し指を立てた。

ただ一日だけ神隠しにあった女の子。小学生の頃にそんな話題あっただろうか。

思い出そうと頭を巡らせても、そんな話が出ていたことはない、気がする。ここでは幽霊が出るとかの類の噂があっても、平和に遊んでいた。

「ケイコは、それなんで覚えてるの？」

足元に視線が下がったまま隣に聞いた。

「なんでって……」

戸惑ったケイコの声が聞こえ、ゆったりと頭を上げた。

「あんたじゃん。いなくなったの」

素っ頓狂な声も出ず、言葉が何も思い浮かばずに声も喉で突っかかった。

私が、いなくなった……？

しかも、一日だけ。

そんなことがあっただろうか。

いくら記憶を辿ってもそんな日は一度だってない。断言できる。

でも、以前に奥の日本家屋の所で遊んだことがあるような、ないような……。そこには、サークルの推しメンと雰囲気が似ているお兄さんがいたような。

「私も詳しいこと覚えてるわけじゃないよ。ただ、あんたがいなくなったのだけ覚えてる。ホント、その事以外なーんもわかんないけど」

ケイコは嫌そうに息を吐き出した。

「本人が覚えてないのにね」

睨むように私をじっくりと見てきた。

その視線から逃げるように、ケイコから瞬時に目を外した。昔から人を見透かすような目でこちらを見てくる。それが怖いとユリナと話したこともあった。

「……いつだろ？　誰なんだろ」

一人で呟いたこともケイコの耳にしっかりと聞こえていたのか、「さぁ」と適当に流された。

「狐のお面……」

「気になる？」

「そりゃ、自分が消えたなんて言われたらね。ここが住宅街になる前に入んなくちゃね。あの屋敷に行かなくちゃね」

じっと雑木林を見つめたまま言い放った。

「あの屋敷？」

ケイコの不思議そうな声につられてちょっとだけ上にあるケイコの目を見つめて頷いた。

「そう。この林の中にある屋敷。崩れかかってる家」

「あー、あの肝試しの家ね」

今度はケイコが眉間にしわを寄せた。

私も眉間にしわを寄せてケイコを見つめた。二人で見つめ合って、最終的にはお互いを鼻で笑った。

「まぁ、ここは不思議な場所ってことだよね。……そんなとこ、潰して家建てていいんかね」

ケイコは後ろ手に手を組んで、道を歩き始めた。

私はまだ少しだけ雑木林の方を見つめた。ミチカがここの写真を送ってきたんだ。

「また、次かな」

雑木林に向かって小さく呟いた。

私の方なんて一度も見ずに歩くケイコを小走りで追いかけた。

ケイコの家は雑木林のすぐそば。雑木林を管理していたおじいさんの家の隣だ。隣に住んでいたおじいさんはすでに他界したらしく、雑木林の管理諸々を息子が引き継いでいる。管理が息子に移ったことで、雑木林の売却が決まった、らしい。

ケイコがくるっと振り返った。

「じゃ。……なんなら、付いていこうか？」

ケイコは真顔でちょこんと首を傾げた。

一度だけ視線を下にし、「いーや」と首を振った。雑木林の奥にある、丘の上の家を思い浮かべた。あそこに友人と一緒に行きたくない、というのが正直なところだ。

「まだ当分こっちいるから。また」

ケイコに手を振って、彼女が家に入るのを見送ることなく歩き始めた。

ちょっと左を見上げると、黒い瓦屋根の家が見えた。横目に歩くスピードを変えることなく、進み続けた。ケイコの家が見えなくなる辺りにたどり着くと、ようやく足を止めた。

嫌だな。

そんな思いと一緒にため息を吐き出した。目の前の道を左に曲がり、緩やかな坂道を上がっていけばあの黒い瓦屋根に着く。一瞬力が全身にこもって、脱力した。首もがっくりと落とした。

「帰ろう」

一人呟き、駅の方へ向き直った。

「日向さん？」

足を踏み出した一歩目。足が空中で空を切っている最中。

聞きなれない声に名前を呼ばれた。振り返れば、優男風情が一人自転車を引いていた。

柔らかそうな黒髪に、目尻の下がった目、人の良すぎるであろう雰囲気がにじみ出ている笑顔を湛えた男だ。

「…………」

「あ、えっと。覚えてないよね？　顔、合わせたの一度だけだし」

いや。覚えている。

しっかりと、覚えている。

あたふたと、なんと説明しようかと手を振り回している男。自転車が倒れかけるのを慌てて支えているようなこの人が、母親の再婚相手。

「じゃあ、改めて。初めまして。高羽彰《たかばあきら》です」

不倫なんてしないような人の柔らかい笑顔を向けてきた。

＊　＊　＊

学祭実行委員の集まりがあったが、思ったよりも早く切りあがった日だ。部活に行くのも面倒になり、そのまま帰った。

駅から続く並木道には、きれいに色づいた紅葉が整然と並んでいる。並木はこの辺り一帯の地区の道路わきには必ずあり、私の家の近くにまで続いている。帰ってくる時間帯が早かったから、小学生が紅葉の葉を拾ったりしながら下校している。

家は茜地区のはずれにあり、駅からはずっと緩やかな坂が続いている。その坂を上りきった所にある。茜地区の住宅街から少し外れた所で日当たりもよいのだが、住民が気味悪がっている雑木林のちょうど上にある。そのためか、私が生まれる前にお父さんたちが格安で買ったらしい。雑木林のある所からは二階の私の部屋の窓が見える。

雑木林から家を見た時に、足の歩みが自分の意志に反して止まった。いつもと変わらないはずだが、心がざわつき、張り付いたように足が動かない。思い切り息を吸い込んで無理に一歩を踏み出した。

坂を上りきり、家が見えてくると、見たことのない車が家の前に止まっていた。そこでまた足が止まり、スクールバッグの持ち手を両手で強く握り締めた。

車の助手席から降りてきたのは母親で、いつもよりもおしゃれをしている。車を運転している人の顔は遠くて見えないし、声も聞こえるような距離じゃないからわからないが、たぶん男だ。ただの直感だが、強く思った。以前からなんとなく怪しいとは思っていた。いつも仕事が終わるとすぐに帰ってきていたのに私が部活を終えて帰宅した後に帰ってきたり、父のいない時にめったに使わない部屋に入って行くといつもより高い声で電話したりと疑うには十分なものを見てきた。

母親は車の扉を開けたまましばらく話し込み、遠くからでもわかるくらいの笑みを浮かべて車を見送った。車はこちらに向かって走ってきて、私はとっさに近くにある公園に入った。通り過ぎる車に目を凝らすと、やはり運転席には男が乗っていた。車を見送って、家の方を見ると、母親も車が見えなくなるまで見送っていた。母親はまばらにある周囲の家を気にしながら家の中に入っていった。

いろんなものを見てきたから、このこともなんとも思わずに受けいれられると思った。しかし、実際に運転席に座っている人の顔を見たが、母親の友人や職場の同僚かもしれない。しかし、一向に家に向かって足が進まない。足かせがされ、後ろから引っ張られているようになかなか進んでくれない。

一連の光景を見て、さーっと心の底から冷えていくのがわかる。鞄をつかむ手の力が抜けてだらんと下がった。視界が揺れ始め、ゆっくりと目を閉じると頬に涙がつたった。

あの女は、本当に不倫をしていたのだ。

＊　＊　＊

にこにことしているタカバさんに無表情を貫いていると、タカバさんの方が気まずそうに目を上に向けた。何とも言えない重苦しい空気が私たちの間を漂いだし、頭も下げることなく体を駅の方に戻した。

「あっ、えっと」

呼び止めるように背後でタカバさんの声がした。

今度は思わず眉が寄り、目の下の筋肉が動いた。とてつもなく不愉快そうな顔つきで振り返れば、タカバさんは自転車を引いて私の近くに来ていた。

「サナエさん、今は仕事なんだけど、夜は定時で上がるみたいなんだけど」

名古屋百貨店の展示・イベント企画をしているあの人は、私がまだここにいた時からずいぶんと忙しそうだった。それが今でもまだ続いている、らしい。

「夜、時間あったりする？　たぶん、サナエさん喜ぶよ」

不倫相手がよくもぬけぬけと。

「そうですか」

無難な言葉が口から出た。

タカバさんはそのまま私についてくる気なのか、少し後ろを控えめに自転車を引いて歩いてきた。ちらりとタカバさんの方を見ると、私が興味ないことを汲み取ったのか、笑みのまま少しだけ下を見ていた。

「また、サナエさんには伝えておくよ」

前に向き直ろうとした時、緊張感のとれた人当たりの良い笑顔を浮かべた。

何も答えない私に、伝えていいのかと安心したのかタカバさんの笑みが深くなった。私が母親のことを良く思っていないことはタカバさんも重々承知で、母親が私のことを大好きなのもよく知っている。

「いえ。やめてもらっていいですか」

つい素の調子で、タカバさんに否定の言葉を投げた。

ちょっと感情を含めたことに思わず眉をしかめた。「まずい」という様子を含んだ声を出すと、タカバさんは小さく笑い声を漏らした。口元を手で押さえ、目尻にしわを作っている。

「ぽろっと出ちゃうかもしれないよ。その時はごめんね」

お父さんではしないであろう、顔を崩した笑顔を向けられた。タカバさんは愉快そうにしたまま私の隣に並んだ。

隣に並んで歩くタカバさんを盗み見た。タカバさんとちゃんと会って話すのは、今回が初めてだ。最初に会った時は敵意むき出しで、タカバさんを睨んでいたのを覚えている。その後は一切会わず、上京した。隣を歩くタカバさんはお父さんよりは背が低くて、そんなに顔を上げなくて済む。じっと見つめていると、タカバさんは気づいて小さく首を傾げた。

「今日は平日なのに、なんでいるんですか?」

タカバさんについては知らないことばかりだ。お父さんが教えてくれようとした時があったけど、思いっきり顔を歪めて拒絶した。

「翻訳をしてるんだよ。だから、家にいる日の方が多かったりするかな」

恥ずかしそうに頬を人差し指で掻きながら言った。

私が目を丸くして驚いているのに気付くと、慌てたように手を左右に振った。

「いや、でも、そんなに大したことはないんだよ」

「英語ですか?」

私が落ち着いた声で聞けば、タカバさんも落ち着きを取り戻してから「うん」と頷いた。

「大学では、外国語学部でドイツ語を専攻していたんだけどね。結局仕事で使うことになったのは英語だよ」

歯を見せて笑ってタカバさんが言い、懐かしそうに空を見上げた。

つられて私も上を見上げた。薄い雲が空を覆っていて、太陽の形も輪郭がおぼろげだ。

「君は？」

声をかけられ、タカバさんを見ると穏やかな様子でいる。

反らしている首を戻して前を見据えた。考えることも何もないが、なぜか言葉が詰まって声が出なかった。いつかミチカと話した気もするが、何を言ったのかぼんやりとしている。たしか、教師とか適当なことを言った覚えがある。

「……。いえ、まだ」

意味のわからない私の返答に、キョトンとしてからタカバさんはおかしそうにした。目が見えなくなるくらいにつぶって、「だよねぇ」とゆったりとした口調で言った。

駅に着くと、タカバさんは改札の近くまでついてきた。歩き方はゆったりとしていて、タカバさんだけ時間の進みがゆっくりのような感じがする。改札の中に入る前にタカバさんの方を振り向いて頭を下げた。

「寿人さんによろしく伝えておいて」

タカバさんと目が合うと、タイミングを見計らったように言われた。

こくりと頷くと嬉しそうに「よろしくね」と優しく言われた。もう一度軽く頭を下げてから改札を通った。駅のホームには私以外の姿はなく、誰も座っていないベンチに一人だけ座った。時計を見るとまだ四時半で、最近日が長くなってきたからまだまだ辺りは明るい。

改札に一番近いベンチに座ると、線路を挟んだ道路にタカバさんが立っているのが見えた。私がタカバさんに気付くと、軽く手を振られた。反射的に何も思わずに手を振りかえし、一緒に頭を下げた。タカバさんは笑顔のまま深く礼をすると、そのまま背を向けて坂を上り始めた。

タカバさんが見えなくなるのを確認してから、携帯を取り出した。メッセージが来ていることを伝えるように携帯の端が点滅している。ロックを解除するとケイコからのメッセージが来ていた。ケイコとやり取りをしながらしばらく待つと、赤い車体の電車がホームに入ってきた。電車に乗って朝行った喫茶店に入ってまったりと寛いでいると、テーブルの上に置いていた携帯にお父さんからのメッセージが送られてきた。

『もうすぐで仕事が終わる』

簡潔な言葉だけが送られてきて、すぐに次のメッセージが来た。

『迎えに行くからあと三十分くらい待ってろ』

平日はだいたい仕事に追われて忙しく働いていて、夜中に帰ってくることも普通だった。休みの日にまで働きに行っている日もあったほどだ。だけど私や母親のことをないがしろにしたことはないし、むしろ私たちに気をつかっているようにも感じていた。

あと三十分でお父さんに会えると思うと、自然と口元がにやけてしまう。それを隠すようにカップを持ち上げて、紅茶を飲んだ。朝に比べて喫茶店にいる人は増え、近所のおじいさんたちが楽しそうに談笑している。

携帯に入っているゲームをしながら時間をつぶしていると、お父さんからの連絡が入った。最寄り駅まで来てほしいというメッセージだ。

お父さんは藤代地区のマンションに一人で暮らしている。駅にも近いマンションで、仕事の時は車での移動が多いらしいが、仕事以外ではよく電車を利用すると言っていた。

「また来てね」

店を出る時におばさんに言われ、頷き返して店を出た。

駅までは徒歩五分くらいで着く。駅の改札の前には広い待ち合わせスペースがあり、そこにスーツを着た背の高い男がいる。艶のある短い黒髪を左に流してスーツに似合うビシッとした髪型。背筋が伸びているせいか雰囲気も緊張感があるもので、遠くからでもお父さんだとすぐにわかる。ヒールの音がなって、お父さんがこちらに気づくと、感情を表に出さないような鋭い表情から柔らかい笑みに変わった。

「おかえり、日向」

「ただいま、お父さん」

帰ってきてから初めて思い切り笑って、お父さんの腕に飛びついた。

お父さんと駅で落ち合ってから、一度マンションに行き、お父さんの運転でユリナの家に行った。携帯でお父さんの家に帰るとユリナに伝えると、「了解」と絵文字付きで返信がきた。お父さんがユリナの家のチャイムを鳴らし、ユリナのお母さんと少し話してからユリナの部屋に置いた荷物を持って降りた。

「昨日一日、本当にお世話になりました」

「いえ、全然」

親同士のやり取りを階段の上から、荷物を手に少しだけ見つめた。

階段も下りずにじっとしていると、ふいにお父さんと目が合った。

「日向」

お父さんの低い声に名前を呼ばれて荷物を持って、靴を履いてお父さんの隣に立った。

「ありがとうございました」

ユリナのお母さんに深々とお辞儀をした。隣でもお父さんが頭を下げている。

ユリナのお母さんはにっこり微笑み、「またいつでも来てね」と安心できる声色で言われ、もう一度お辞儀した。

ユリナの家を出ると、お父さんのマンションにそのまま向かった。マンションは見上げるほど高く、お父さんはそのマンションの中間の階に住んでいる。一人で住むには十分すぎるほど広い一室で、時々帰ってくると言った私の言葉を信じて私用の部屋が設けられている。その部屋に持っている荷物を全部放り込んで、部屋の中央にあるベッドにダイブした。ふかふかのベッドの上でごろごろしていると、お父さんが開きっぱなしの扉をわざわざノックして扉の所に立っていた。さっきまで来ていたスーツの上着を脱ぎ、腕まくりをしていた。

「今から夕飯作るから」

「……。手伝う」

　ベッドから降りてコートをベッドの上に投げて、私も腕まくりをしてお父さんの前で立ち止まった。頭一個分違うお父さんを見上げると、嬉しそうに微笑んで「ありがとう」と言った。

　普段も使っているはずのリビングダイニングには必要最低限の物しか置いてなくて、部屋の真ん中にあるローテーブルとそれを囲むようにある茶色のソファが一番に目を引く。ローテーブルの前には一人暮らしには大きすぎるテレビが台の上に置かれている。

だだっ広さを感じるリビングにはカウンターを挟んでキッチンが併設されている。ステンレス製の水回りで、二年間使っているはずなのに汚れは全くない。

「お父さん、再婚しないの？」

　見た目に似合わず、手際よく野菜を切るお父さんの隣に立って聞いた。

　お父さんは少し驚いたように目を開いたが、すぐにいつもの表情に戻った。幾分柔和な顔つきをして答えた。

「するつもりはないよ。そういう相手を見つけるつもりもない」

　お父さんは庖丁を動かす手を止め、暖かい笑顔をして私を見て続けた。

「日向が一番だからね。日向が帰りにくい場所を作るつもりはないよ」

　ためらうことなくさらりと言ってのけ、最後に目尻のしわが濃くなった。

お父さんが考えていることを直接聞くのは初めてのことで、お父さんの横顔を見つめたままになった。ぎこちなく手元の作業に意識を向けて、夕飯づくりの足を引っ張らないように注意した。

お父さんを嫌いになったことは一度もない。お父さんに秘密にしていることもあるが、大概のことは母親と同様に知っている。残業をすることもしょっちゅうだったが、時間があれば手料理を振る舞っていた父を尊敬している。母親も料理が上手いが、たまにしか作らないお父さんも上手い。

お父さん特製のソースがかかったハンバーグを運び、ソファの前に並んで座った。手を合わせて恒例の挨拶をしてから食べ始めた。しばらくした後にお父さんがテレビをつけて、静かだった空間が一気に賑やかになった。

「お母さんに会ったか？」

テレビ画面に目を向けたままお父さんが聞いてきた。

箸を持つ手が一瞬止まり、横目でちらっとお父さんの様子を窺った。普段家で見せていた緊張感のとれた表情でいる。箸を漬物に運ばせながら答えた。

「会ってない。……タカバさんだけがいた。よろしくだって」

タカバさんとの別れ際に言われた言葉をお父さんに伝えた。

お父さんは快活な声を上げて笑うと「そうか、そうか」と一人で頷いた。私が不審げな視線を向けても、意に介した様子はない。

「彼がいたか」

楽しそうにハンバーグを食べ進めるお父さんを目を細めて見た。ちらちらと見ながら食べて、お父さんに一歩遅れて皿がすべてきれいになった。お父さんはおじさん臭く「よっこらせ」と言って立ち上がった。

「デザートを用意してあるんだ。食べる?」

間髪入れずに頷いてみせると、待ってるように言われて冷蔵庫を開けるのをソファ越しに見た。冷蔵庫からは白い箱を取り出し、小さめの平皿に載せている。持って来た皿には小ぶりな焼き菓子とフルーツが盛り合わされている。

「マンションの前の店?」

「そうだよ。日向、好きだったよね?」

ちょっと不安そうにして聞かれ、皿の上のお菓子に目が釘付けになりながら大きく頷いた。学校帰りに、格安で売っているシュークリームを事あるごとに買っていた。高校以来、あの店のケーキや焼き菓子のファンだ。

大好きな焼き菓子の盛り合わせがテーブルの上に置かれた。

「赤ワインは飲める?」

「いちおう、飲めるよ。あるの?」

皿からようやく目を離してまだ立っているお父さんを見上げた。

お父さんはわざわざしゃがんで目線を合わせながら頷いた。

「まだ開けてないのがあるんだ。だから、それを飲もうかと思ってね」

また掛け声とともに立ち上がり、キッチンに足を向けた。

栓を開けていないワインボトルを手に取り、食器棚からワイングラスを二つ持ってソファに腰かけた。私も真似してソファに座って、お父さんが栓を開けるのをわくわくしながら見つめた。手際よくコルクを抜いて、ワイングラスについだ。

お父さんはグラスを私に寄こして、私が持つとグラス同士を軽く当てた。

はっきり言ってワインの良しあしはよくわからない。でもブドウの甘さがあって苦みが少ないから飲む機会は多い。よく飲むが、どんなものがいいのかもよく知らない。グラスから口をはなし、眉を八の字にさせた。

「どうした？」

「お酒を飲むのは好きだけど、ワインはよくわからない」

お父さんはグラスをテーブルに置いて焼き菓子の一つをつまんだ。

「何の酒が好き？」

頭に何種類かのお酒を思い浮かばせ、グラスをテーブルに置いて唸った。

大学に入って、新歓などで飲む機会はある。この前もゼミの飲み会があったばかりだ。飲み会には参加するが、必ず飲む決まった酒はない。

お父さんは黙って焼き菓子を食べて、グラスにワインを注ぎ足した。

「特に好きなのはないよ。結構なんでも飲める」

お父さんは予想内だったのか反応が薄く、腕を組んで隣を見上げた。

チューハイ、日本酒、焼酎、カクテル……。機会があるから、いろいろ試して飲んでいる。これだ！　というものには未だ会っていない。両親ともに酒には強く、家で飲んでいても赤くなったところを見たことがない。

「そうか。じゃあ、次は日本酒にでもしてみよう」

当然のように次回の話をお父さんが進め始めた。

次回会う時は何を食べて、何を飲むのか、どこに行くのかまで楽しげに計画を口に出している。組んでいた腕を解いて賑やかに騒いでいるバラエティ番組に焦点を合わせた。

私がこっちに帰ってくるのは私の中では今回が最後のつもりだ。あの女と近い所にはなるべくいたくない。

テレビ画面をぼーっと眺めていると、急に頭に重みが加わった。そのままぐるぐると頭を揺らされた。お父さんを見ると、心配そうに眉を下げた情けない笑みを浮かべている。

「日向。お母さんは嫌いか？」

直接的に聞かれて言葉に詰まった。

遠まわしに聞かれたことは何度かあったが、メール上のやり取りがほとんどだったから無視をして答えない時もあった。今は合った目をそらすことを許されない雰囲気だ。お父さんは私がなんて答えるかわかっているはずだ。それでも、黙って、悲しそうに目を細めている。

何も言わずに、すとんと表情が抜け落ちて冷めた目をお父さんに向けた。

「あの人のこと思い出すと、私も同じ事するんじゃないかって気持ちになる。それに、長かったじゃん」

だんだんと怒りか悲しみかわからない感情がこみ上げてきて、握った掌に爪が食い込むのが分かる。痛みは一切感じず、今まで溜まっていた感情がこみ上げてきた。目線を落として、息を深く吸い込んで、こみ上げてきた感情を抑え込んだ。

高校の時は全く何にも気づいていないようにふるまい、感情を表に出したのは担任にこの事を相談した時の一回だけだ。それから時間が過ぎ、どうでもいいと思いながらも母親に対する嫌悪感は増していた。

俯いて動かなくなった私の頭を、お父さんが優しくなでて抱き寄せた。

「悪いな。つらい思いさせて」

頭上でお父さんの細くなった声がしたが、顔を上げることができなかった。

残っていたワインをお父さんと無言で飲み空け、用意してくれた焼き菓子は明日の分にとラップをしてカウンターの上に移された。廊下を出てすぐある風呂に入り、ソファでゆったりとくつろぎ始めたお父さんに遠慮がちに「おやすみ」と言いすぐに部屋に入った。

ドアを閉める直前に眠そうだがしっかりとしたお父さんの声が聞こえた。

部屋の電気をつけることなくベッドに潜り込んで、母親のことを考えないように枕に顔を埋めた。

The 3rd Day

目を開けると懐かしい雑木林の中にいた。

淡い光が辺りを包みこんでいる。

近くには平屋の家屋があり、その周りだけきれいに手入れされている。前庭の真ん中には、一本だけ幹の太い立派な梅の木がある。季節は夏のようで梅の木は青い葉で覆われている。

しゃがんでいる私の低い視界に浴衣の裾がかすめ、なんとなく顔を上げた。

上げた先には薄い空色の浴衣を着た男が立っていた。灰色よりも薄い色の髪をしている。同じ色をした長い前髪が目元にまでかかっているため顔が見えにくい。下から覗き込んでみるとその人が気付いてこちらに目を向けた。灰色の目が一瞬だけ見え、優しげに目元をさげた。

嬉しそうにその人が口を開いて何かを言った。聞こえないが、私は立ち上がりその人の手を取った。

立ち上がると自分の普段見る景色よりも低い位置の物が目の前に来て不思議に思って周囲を見回した。何もかもが大きく見え、もう一度前の人の方を見ると何もなくなっていた。

代わりに白梅が満開に咲いていた。

夢から覚めて目を開けると真っ暗で、布団を押しのけて新鮮な空気を胸いっぱいに吸った。

白い梅の花が満開に咲いている夢だ。浴衣を着た男もいた。夢の中だけの出来事のように思えない。それに、夢を思い出せても、重要な何かを忘れている気がする。いくらひねり出そうとしても、出てくる気配を感じない。

頭の中が疑問符で埋め尽くされながら、ベッドの上で体を起こした。お父さんが選んだのだろう時計はシックな色調で、余分なものが付いていなくて、時間が見やすい。

六時五十分。

ベッドから抜け出し、三日目の服を鞄の中から引っ張り出して着替えた。寒いからタイツの下に靴下をはいて寒さ対策をしてから、ショーパンをはいた。深い色の赤のニットを着て、ベッドメイクを施した。

ミチカは赤が好きと言っていたな。

ベッドメイクを終えてからふとニットの赤色を見て思い出した。ショルダーバッグにミチカの手紙が入っているのを確認してからリビングに出た。

お父さんはすでにスーツ姿で、カウンターに座って優雅な手つきでコーヒーを飲んでいる。その前には食べかけのトーストと焼かれて間もないものが用意されている。

「おはよう」

「おはよう」

お父さんの隣まで来て座らずに立ち尽くしていると、不思議そうに首を傾げた。何も言わないが、目が「どうした？」と問いかけている。

「昨日はごめん」

小さな声だったが言ってからカウンターのスツールに腰かけた。

お父さんは何も言わずにまたコーヒーをすすったが、意味は分かってくれたはずだ。いくらお父さんに正直でありたいと思っても、昨日の母親に対する感情は隠しておいた方がよかったと後悔した。どんな表情をしているのか確認することなく目の前にあるトーストにかじりついた。

「今日はまた定時で帰ってくるつもりだ」

八時近くになるとお父さんは仕事の荷物を持ってきた。

「じゃあ、夕飯は準備しとく」

玄関までついて行って靴を履く背中に向かって言った。

お父さんは靴を履き終えると微笑んで私の頭に手を置いた。

「わかった。頼むよ、日向」

お父さんに頼りにされていると思うと、やる気が倍になる。一人暮らしで鍛えた料理の腕前を披露しよう。

「あと、これ」

手を出すように催促され、このマンションの鍵が渡された。「出かける時、これ使って」渡された鍵を落とさないようにしっかりと握った。

お父さんを見送ってから皿を洗って、簡単に部屋の掃除をした。汚れは少なく、一時間もするとリビングとキッチンは終えられた。私が使うことになった部屋は普段人が使っていないのに、お父さんが掃除をしているのか埃一つない。

戸締りをしっかりとして、さっきお父さんにもらったばかりの鍵を使って家を出た。外は薄い雲が所々に浮かんでいて、心地よい風がふわりと吹いた。空気はほんのりと暖かくて、散歩をするにはちょうどいい天気だ。太陽の周りには薄い靄がかかっていて、太陽の光も柔らかくなっている。

今日の最初の目的地は、懐かしい高校だ。

駅の方に歩いて、駅を通り過ぎて喫茶店の前の通りに出た。喫茶店にはすでに近所の人たちが入っていて、店内でぼーっと突っ立っている佐藤が見える。店の前を通る結構大きい通りをまっすぐに歩いて、途中の横断歩道を渡った。横断歩道を渡ると住宅街の中に入っていく。人の通りは少なく、時々現れる畑では、おじいさんやおばあさんが畑の真ん中でおしゃべりをしている。その先にある住宅街と畑の中に卒業した高校がある。

まだ春休みになっていないから運動場の方から元気な声が聞こえてくる。開けっ放しで警戒心のかけらも感じない門を通って入り、正面玄関に通じる門の目の前に構えている大階段を上った。大階段を上りきった所からは運動場が丸見えだ。三時間目の時間で、男女ともサッカーをしていて駆け回っている。

懐かしさに自然と顔がほころぶ。後ろにある全面ガラス張りの正面玄関に入った。すぐ横には事務室があり、不思議そうにこちらを見つめる職員の人に呼び止められた。簡単な言葉を交わすと、「入校証」と書かれた許可証が渡された。それをちゃんと首から下げて、事務室の横に広々と取られている職員室に向かった。棟の中は相変わらず古さが目立っている。隅が削れている木の扉を左に引いて、職員室の中に顔をのぞかせた。

「失礼します」

私服で学校に来たのは初めてで、学生時代に職員室に来た時以上に緊張感がある。

職員室の中には、相談に乗ってくれた担任である江口先生の姿はない。職員室をぐるっと見回していると、背後に気配を感じて、扉に手をかけたまま振り返った。

「おう。桃山か」

わからんかった、と久々に見る江口先生が目を線にして笑った。

先生とはほとんど変わらない目線で、話すことができる。私の知っている男の人の中で一番背が低い。中学から野球をやっているせいで背丈の割に体格がよく、威圧感のある見た目だが、臆せずに話せる。男子の中には怖がっている人もいたが。

先生の席は窓際にあり、運動場がよく見える。

「で、どうした？　大学に進学したら帰って来ないって言ってたろ、卒業式の時」

そんな昔のことを覚えていてくれたことに純粋にすごいと思い、嬉しさが溢れてきた。

表情には出さないように軽く下唇を噛んで先生を見た。

「先生って、冴木ミチカのこと覚えてる？」

突拍子もないことを聞かれ、先生は豆鉄砲を食らったようになった。

「冴木、ミチカか……」

江口先生は考え込んで、黙った。

笑って話を逸らすようなことはないはずだ。何か知っていることが出てこないかと、期待を持って先生が口を開くのを待った。

「んー。冴木ミチカか」

先生が眉を真剣に寄せ、口を真一文字にした。

「知らないですか？」

一音一音に力をこめた。

それでも先生は何も思い出せないのか、顎に手を添えて唸った。ぎゅっと全身に力が入り、徐々に先生の方に体が傾いてきた。それを瞬時に直した時に、先生がはっと閃いたようにこちらに目を向けた。

「あれか！　お前らが騒いでた！」

「……は？」

予想もしていない先生の言葉に、思わずなかなか出ない間抜けな声が出た。

先生は予想が外れたことが意外だったのか、正面に顔を戻し、何事もなかったように再考し始めた。思わず小さく笑い声を出すと、じとりと先生の目線が刺さった。それから逃れるように、窓が並ぶ右側に目を向けた。

「でも、その冴木ミチカって子がどうかしたのか？」

先生を真っ直ぐに見つめて、鞄に入れていた手紙を取り出した。先生は受け取ると、中身を取り出した。手紙や写真を見ている先生に声をかけた。

「その子から届いたんです」

先生が手紙と私を交互に見比べた。「……神隠しにあったんです。高校卒業式の前日に」

目を上下させていた先生が、私の目で視線が止まった。

口の中に溜まった唾を慎重に呑み込んだ。一気に口内が渇き、唇を一舐めした。ちょっと視線を下げると、先生の机に私たちが三年生の時の学祭の写真が飾ってあった。

「時々学校に出るっていう、二つ縛りの女子生徒の霊じゃないのか？　お前らが噂してた。名前は初耳だけど。それのことかと思ったんだよ」

五十手前のおっさんがかくんと首を傾げた。

〝冴木ミチカは人でないものが見える〟

女の子の霊の噂はなかったが、冴木ミチカにはそんな類の噂が付き纏っていた。その噂がどこでどういう風になったのか、冴木ミチカ自身が霊になってしまった。

どうしたって気の抜けきった表情にしかならず、先生が「大丈夫か～」と目の前で手を振っていた。

「二つ縛りの女の子」

顔をずいっと先生に近づけた。

先生は背後に頭をぐっと反らした。反らして引きつりながらも、おぉとゆっくりと頷いてくれた。

冴木ミチカは、ふわっふわのあの柔らかい髪をいつも耳の下で二つに結っていた。

「そうか。幽霊になったのか」

目の前で空中に浮かぶ薄ら白い手に引かれて消え、そして、幽霊になった。

「……非現実的だな」

一人でぐるぐると迷走して、最終的に自嘲的な笑みが出た。

「桃山？」

僅かに届いていた運動場からの声がいつの間にか聞こえなくなっていて、時計を見るとチャイムがちょうど鳴った。職員室にある時計を見ると三時間目が終わる時間だ。

「校内見学って……」

「できないな。まだ授業中だぞ」

間髪入れずに返され、「デスヨネー」と、愛想笑いをはりつける先生にひきつった笑みを向けた。高校の春休みまでまだあと二週間弱はある。

先生は次に授業があるのか、机に並べてある世界史の教科書とノートを取り出した。手紙と写真を丁寧にしまい、立ち上がって私に差し出した。

「なんかあったらまた来い。話ぐらいならいくらでも聞いてやる」

引き出しからチョークを取り出して授業に向かう準備を整えていると、何か思い出したのか、急に私の方を向いた。

「溜め込みすぎるなよ」

先生は高校の時みたいに軽く私の頭に手を乗せて、励ましの言葉を残して職員室を出て行った。出て行く先生を見送ってから、先生の机の上にある写真を見た。知らない学年の人たちのものも当然あるが、卒業式の日に先生を囲んで撮った私たちの学年のものもちゃんと飾られている。大泣きしているクラスメイトもいるが、みんな何とか涙をこらえて変な笑顔を浮かべている。唯一ミチカだけがいないで、ミチカの個人写真が写真の隅にしっかりと貼り付けられている。

何度かの瞬きを繰り返して、その写真をじっと見つめた。

先生は覚えていないが、写真に存在はちゃんとしている。何が変わったのか……。

四時間目を知らせるチャイムが鳴り、もう一度運動場を眺めてから職員室をあとにした。

学校を出てから喫茶店によってランチを頼んだ。

案の定佐藤もいるが、昼時は忙しそうに動き回っている。私の知っている佐藤からは想像もできない姿だ。高校の時はみんなが忙しそうに学祭の準備をしていても、一人爽やかに汗をかいていなかった。若干は協力していたが、マイペースに行動していた。それでも、嫌われることなくむしろ好かれていた。

「ランチ——グラタンセットです」

佐藤が湯気の漂う出来立てのグラタンを持って来た。

いつもの窓際で頬杖をついたまま佐藤の方を見た。目の前にスペースを空けるとそこにグラタンの乗った皿を置き、伝票を机の端に乗っけた。

「今日は一人なんだな」

スプーンを持っていざ食べようとしたら、予想外に佐藤が話しかけてきた。スプーンを空中で止めたまま、口が半開きになった間抜けな顔で佐藤を見た。

佐藤は顎を突き出して、間抜けな私を微かに笑った。

「そりゃね。いつも一緒のわけではないから」

湯気の立つグラタンを、息を吹きかけてから一口食べた。コーンの入った少し甘めのグラタンで、付け合わせには酸味のきいたサラダだ。

「あの、彼女のことはわかったの？　瀬山が騒いでた女の子」

「いや、まったく」

ちらと彼を見て、すぐに目の前のアツアツのグラタンに視線を戻した。

「あ、でも……」

いったんスプーンを置いて、椅子の背もたれと背中の間に挟んでいた鞄の中から、昨日ミチカの母から預かった写真を取り出して見せた。

佐藤の切れ長の目が驚いたように見開いてから、細められた。

「懐かしいな」

「うん。それで、これ。見たことある？」

私は後ろの方に写っている狐面の人を指差した。

今朝の夢の中に出てきた人と同じ格好をしている。キツネの面は目元と鼻を覆い、目の周りは朱色で縁どられている。同じ朱色でひげが描かれ、額には逆三角形のようなものが三つ並んでいる。狐面はしっかりとカメラの方を向いている。

「何これ」

佐藤はぐっと顔を寄せた。「これ、人型？」

佐藤が指さしたところには、狐面が写っていた。

「何って、狐のお面した人じゃん。昨日、ユリナが言ってた女の子と関わりあるのが、この人のはずなんだけど。クラスにいる意味がわかんないんだよね。こんなカッコ、学祭で必要なかったし」

そこまで言って佐藤を見るが、佐藤は相も変わらない無表情だ。

写真を見るが、そこにははっきりと狐面の浴衣姿の男の人が立っている。そして、私の隣にはミチカがいる。

「そんな奴いないよ。ぼんやり人型に靄があって……」

言いながら、佐藤は目を見開き言葉を詰まらせた。

グラタンを食べながらも、普段絶対見ることのない佐藤の表情の変化をじっくりと観察した。驚いて、少しだけ気味悪そうな目の色だ。

「しかも、桃山の隣にも……」

佐藤は見開いた目のまま私を見やった。

「だから、靄って……。あと、私の隣には女の子がいて」

変なものを見るような目の佐藤と目が合った。

必死に説明をしようと伸ばしていた手を引っ込め、口も即座に噤んだ。佐藤には、狐面の男と、ミチカの姿は靄になって見えていない、らしい。

「ここに、その女子生徒がいるってわけ？」

佐藤は少しの沈黙の後、写真に写るミチカのいる所を指さした。

ちらと目配せすると、佐藤が「答えろ」と無言の圧力を目だけでかけてくる。それに耐えることもせず、首だけを縦に動かした。

佐藤は「うーん」と声を出して、写真から顔を離した。

諦め、写真は机の上に置いたまま、私は冷めないうちにとグラタンに再び気を向けた。

「立木なら」

「え……」

思わずグラタンを食べていた顔を上げた。

佐藤は驚いたふうもなく、ただくいと眼鏡を上げた。

「クラス会した時、噂の女の名前に立木が反応してたから」

佐藤の言葉に、一昨日の夜のシーンが蘇った。

立木なら、とは思っていたが。冴木ミチカの名前を聞き、他の人たちの反応を見た時の驚きを隠さない立木の表情は忘れられない。変なことを言う前に止めたのは、私にしてはよい選択だったと思う。

「あの時の、あんたと立木は変な雰囲気だったから」

「……そう。なるほどね」

「あいつの連絡先、変わってないはずだから」

佐藤はそれだけ言って、トレーを脇に持って奥に引っ込んで行った。

携帯の大きな画面をテーブルの上に出し、連絡先の中から立木のものを探した。タ行の一覧に並んでいる〝立木　薫〟という名前をしばらく見つめ、何にも手を付けずに画面を暗くした。名前の挙がる立木は三年生でしか同じクラスにならなかった。それでも、私の図書室通いによって一年生の時から縁ができていた。

＊　＊　＊

小学生から図書室通いが沁みつき、私にとって欠かせない時間だ。

高校入学早々に担任の江口先生に場所を聞き出し、入り組んだ校舎を歩いた。

本館、職員室の上。

三階を陣取る形で図書室があった。

他の教室同様やはり古びた扉をゆっくりと開けると、本よりも先にきちんと並んだ机が目に入った。一人ひとりの空間を確保するように机には均等な間隔で仕切りがあった。上級生数人だけがその机で勉強していた。

「何か探し物？」

カウンターから声をかけられ、そちらを見ると、上級生を示す赤色のバッジを付けた生徒が座ってこちらを見上げていた。

「あ、いえ。大丈夫です」

一言だけ返し、広々と設置されている机の奥にある本棚に向かった。

赤色は三年生、青色は二年生、緑色は一年生。学年を間違えないように心の中で何度か繰り返して呟き、本棚の間に体を滑り込ませた。

何列か本棚を通り越してようやく目当ての本に近づいた。公立図書館や本屋も探してもなく、ようやく学校の図書室で目当ての本を見つけた時、目の前で軽やかにその本が抜き取られた。思わず眉根を寄せて、横目で右隣を見た。

視線の先には、空中で本を持つ手を止め、「あ……」とだんだんと申し訳なさそうに表情が変わる男子生徒。ちらっと確認すると、緑色のバッジだ。

同じ本を取る同学年。

小説ではロマンチックな展開のはずが、実際起こると、目当ての本を目の前で取られるという少し不快な出来事だ。しかも、ずっと探し求めていた少し古めの本。

「あー、これ」

男子生徒は申し訳なさげに少し癖のある髪をかきながら、本を寄こした。

「………」

私は少し本を見てから、目をさまよわせる相手を見た。「……いいよ。ほかに読みたい本もあるし。先にどうぞ」

両手で彼の方に本を戻し、同じ作家の列に顔を向けた。

ネタ晴らしをされなければ、まぁ、良しだ。

隣でそわそわしている空気がまだ残っており、堪らず声をかけてしまった。

「その本、返す時教えて。それでほんと、十分だから」

言いながら彼の方を向くと、少し安心したのか緊張感が解けてきた様子になった。

「妹がさ、薦めてくれて。普段本なんか読まないから、学校の図書室で借りるのが一番楽で」

「確かに」

毎日学校に来るし、間違いない。

「あー、ごめん。どうでもいいな」

いきなり我に返った声色で男子生徒が自分自身に突っ込んだ。

代わりの本を取りつつ小さく笑い声が漏れ、男子生徒は恥ずかしそうにしていた。

「じゃあ」

本が決まったからさっさと帰ろう。

立ち去ろうとすると、後ろから控えめに張った声に呼び止められた。

「クラスと名前。……返す時に伝えたいから」

「……あぁ。H組の桃山日向」

名乗ると表情が明るくなった彼も続けた。

「D組の立木薫。また、会いに行くよ」

〝弾ける〟

その言葉が似合う笑顔を初めて見た。

＊　＊　＊

「また来てねぇ」と言う喫茶店のおばさんの声に手を振って、店を出た。駅に併設されているスーパーに寄って、夕飯の食材を買い込んで駅前にある広々とした公園に立ち寄った。転々とあるベンチでよくユリナとケイコと三年の学校帰りに、夏はアイス、冬は肉まんを手に雑談していた。

買い過ぎてぱんぱんになった買い物袋をベンチに置き、その横に足を伸ばして座った。

夜は、この二年間の一人暮らしで鍛えた料理の腕をお父さんに披露しよう。

そう思い、夜の献立に思いを馳せながらちょうど日陰になっている空を見上げた。程よい暖かさで目を閉じると眠くなってくる。大きく欠伸をして、座ったまま腕を思い切り伸ばして背中を反らした。

「桃山？」

自転車のブレーキが道路からするのと一緒に名前を呼ばれた。

公園の入り口には立木が自転車にまたがって止まっている。「よっ」と片手を上げて、自転車にまたがったままこちらに進んできた。相変わらず、暖かみのある人懐っこい笑みを浮かべている。

立木はこの辺りに住んでいて、高校の時も自転車で学校まで来ていた。部活の朝練習がない日は遅刻ギリギリで学校に来ていた。初めて一緒のクラスになった三年生の初日に、担任の江口先生と同時に教室に入ってきたこともあった。先生たちとも仲が良く、江口先生と並んで朝のホームルームに現れることが一年を通してしばしば。

一緒に入って来る江口先生と立木を思い出して、笑いだしそうになるのを堪えてこちらに来る立木を目で追った。

「よっ」

私も同じように目の前に来た立木に片手を上げた。

立木はグリップに乗せた腕に顎を乗せて目線が私と近くなった。私の隣にあるスーパーの袋に目を移した。立木は腕を組んだまま人差し指で袋をさした。

「買い出し？」

「そ。今お父さんのトコにいるから。今日は私が夕飯作んの」

中に入れている野菜などを傷つけない程度に袋を叩いた。

立木は感心したように声をあげた。立ち去る様子はみじんもなく、にこりと笑みを浮かべて私を見た。

「えらいね。俺なんて、全部母さんがやってくれてるよ」

立木は一人感心して、大きく頷いている。

一人暮らしをしていて家事全般は要領よくこなせるようになってきた。一人暮らしで家事をこなしながら大学に行くのは大変だ。でも、それも二年も続けていれば要領はつかめてくる。

「一人暮らししてるしね。これくらいは」

お父さんを思い浮かべて、膝の上で握った手を見た。いつでも私のことを第一に考え、心配してくれている父に、一人でも大丈夫だと少しでも証明できればいい。

「好きなんだな。お父さんのこと」

立木が「いいね、そういうの」と柔らかく目を細めた。

立木を見るために視線を上げた。高三の放課後には、この立木のことが好きだとミチカと話していたのだ。

＊　＊　＊

ミチカと名前で呼び合うようになった放課後以来、ミチカは時々私しかいない教室に顔を見せるようになった。一度家に帰ってから来ているのか、髪を下ろしている。

「今日は数学？」

私の手元にある参考書を見てミチカが聞いてきた。

意外とおしゃべりで、決まってミチカから会話がスタートする。

「数学が一番苦手なんだよ。ミチカは？」

「うーん。まあまあかな。……一番苦手なのは情報だから」

ミチカは苦笑しながら、言いづらそうにして言った。

たしかに、情報の授業の時にミチカは背中を丸めて、人差し指でキーボードを一つ一つ気が遠くなりそうなほど遅く打っている。あれは、苦手というよりも機械音痴だ。

言葉がなくなり、視線を落として意味のわからない数字とアルファベットの羅列を見た。これを見ると、解く気も失せてしまう。

「日向は頑張ってるね」

ミチカの突拍子もない言葉に、せっかく動き始めていた手を止めた。

彼女を見ても優しく微笑みかけられているだけで、その続きを言わない。私も何も言えずに、動きを止めて彼女と静かに目を合わせた。ミチカは首を傾げて、ようやく口を開いた。

「一年生の時に見た笑顔と今の笑顔が違うから」

彼女は腕を組むようにして私の机の上に両腕を乗せた。

開けっ放しの窓からは、湿っぽい風が入り込んでくる。もうすぐ、六月だ。

「……そう?」

笑顔の質が変わった理由はわかっているが、わざわざミチカに言うほどの事でもない。すぐに数学の問題が載っている問題集に視線を戻した。

区切りのよいところまで解き終わってもまだミチカはじっと私を見つめている。問題を解いている間にも頭には痛いほどの視線を感じ、視界に入っている彼女の腕は一ミリも動かなかった。

答え合わせをするよりも先に彼女を見ると、すぐに目が合った。

言わなかったら、皆が言っているような呪いにかかってしまいそうだ。

「……。引くかもよ?」

「引かないよ」

すぐに返ってきた返事に何も言うことができずに、代わりにため息がこぼれた。彼女のセーラー服のリボンの辺りを見て、小さい声を出した。

「……、母親が。不倫してた」

言葉が小さくなり、投げやりになって言った。不安になりながら少しだけ上を向いた。ミチカは何も言わずに口を噤んでいる。予想していた反応だが、実際にやられるとどう反応していいのか困る。膝の上に置いた手を握って、顔ごと窓の外に向けた。明日は雨の予報だが、きれいな快晴だ。雨が降りそうな気配は一切感じない。

空を見ていると、いきなり頬に少しだけ冷たい小さな手が触れた。内心びっくりして、ちょっとだけミチカの方に目を向けた。彼女は腕を伸ばして私の頬に触れ、少し陰のある笑みをしている。

「日向、笑わなくてもいいからね」

「へーキだよ。江口先生にさんざん聞いてもらったから」

ゆっくりとした口調で言うミチカに、薄っぺらい笑みを浮かべて答えた。

ミチカは手を離し、私の目を覗くように見つめた。

「今もちゃんと楽しいよ」

付け加えるようにして言い、ミチカに笑ってみせた。彼女には心がこもっていないのがばれそうだが、この際どうでもいい。すべてを見透かされていそうだ。

思った通り、ミチカは楽しそうに笑って私を見直した。

「どーせ立木の事も知ってるんでしょ？」

投げやりな言葉に、ミチカは申し訳なさそうに眉をさげた。

記念に写真を撮りたくなるほどきれいな八の字だ。

「別に責めてるわけじゃないよ。ただ、ミチカはそういうのが得意だってわかったから」

キョトンとしているミチカに続けた。

「話すようになってから、私が言おうとしたことの答え、先に言うじゃん」

毎回一回は必ずそんなことがある。慣れてきた今はそんなに感じないが、心を読まれているような感覚になる。ミチカは人としゃべらない分、表情から読み取るのがうまくなったのかもしれない。

「日向、立木君と話す時だけ、ちょっとだけ目線落としてるもん。それに他の人より無愛想だし」

ミチカは言葉を切ると、にっこりと笑った。「小学生の男の子みたい」

「うるさい」

反論することもできず、唸るような声を出した。

＊　＊　＊

「なあに？」

太陽の光に透けた少しだけ茶色い髪を揺らして、立木が首を斜めに傾けた。

ミチカと被る柔らかそうな髪から目をずらして、彼の目を見た。

「立木は、なんでミチカのことを覚えてるの？」

「……いや、むしろなんでみんながあの状態なの？」

半笑いになりながら、立木が余計に首を傾げた。

「それは、わからない。ユリナって、噂話好きだったでしょ？」

立木が笑いながら「そーだった」と頷くのを確認した。「そのユリナは覚えていると思ってたんだけど」

立木も小さく考えるように唸り声を出した。

背中側に置いてあった鞄を膝の上に置き直し、佐藤にも見せた写真を取り出した。そこには、しっかりとミチカも写っているままだ。

「これ、さっき佐藤にも見てもらったんだけど」

そう言って、手を伸ばして立木に写真を渡した。

立木は興味深そうに写真を受け取り、まじまじと見つめた。目の動きで一人一人の顔を辿っているのが分かった。懐かしそうに目を細めて微笑み、和やかな表情のまま私の方に写真の表を見せてきた。そのまま、写真を持っていない左手の人差し指で私の隣を指した。

「ここ、ちゃんといるじゃん」

ミチカの所をしっかりと指している。

「うん。いるよ。いない訳ない」

「冴木さんに関してさ、桃山が覚えてるのは何となくわかるんだよ。クラスの中でもちゃんと仲良いって言えるの桃山だったし。でも、俺が覚えてるのがなぁ……」

立木が再び写真を自分の方に引き寄せた。

確かに立木の言う通りだ。放課後に話したり、名前で呼び合ったり、何だかんだ彼女と仲は良かった。クラスの雰囲気を作っていた立木とも仲は良かったが、他のクラスメイトと変わらない程度の会話をしていただけだ。

そんな立木が覚えていて、他のクラスメイトが覚えていない理由は。

「あと、こいつ。誰？　クラスの奴じゃないよな」

立木は写真の端っこに移っている狐面を指さした。

「それは、ミチカにしか見えないモノ」

「……幽霊？」

至極真面目に真顔で伝えると、立木はしばらく固まったあとに低い声を出した。

数秒、ロマンチックの欠片もなく見つめ合った。先に目を逸らしたのは立木で、写真と私を交互に見た。

「〝冴木ミチカには、人に見えないモノが見える〟って噂あったでしょ？」

「あった」

「それ、ホントみたい」

ミチカのお母さんと会って話したことを、立木にも伝えた。

口を挟むことなく、立木は最後までミチカのお母さんと話したことを真剣に聞いていた。

昔から幽霊の類が見え、そのせいでいじめに遭っていたこと。ミチカのお父さんも実は

〝ミエル〟人だったこと。卒業式の前日にミチカが満面の笑みで家を出たこと。

「桃山さぁ、その、冴木が消えた時、教室いたよね」

「……は？」

立木の確信めいた問いかけに、少しだけ低い声が出た。

眉間にしわを寄せて彼を見るが、立木は気にする素振りもなく言葉を続けた。

「その、卒業式の前日」

「まぁ、うん。なんで知ってるの？」

ミチカが教室の入り口で手を緩やかに振って、白い手と一緒に消えるシーンが頭に思い浮かんだ。ミチカの消えたことは『神隠し』と噂になり、卒業式の当日の朝は大いに盛り上がっていた。

「あの日、桃山スゲー焦って教室から出てきたんだよ。そんで、ぶつかりそうになって。……あれ？　俺が廊下にいたこと覚えてない？」

立木が「あっれ～？」と頭を掻いた。

あの時、私とミチカと白い手以外はいなかったはずだ。私の記憶では、いつも通り教室で話していたミチカが急に席を立ち、それにつられて私も立った。廊下に出る時に笑顔で手を振って、白い手がミチカの手を引いていた。それを、私はただ自分の席の横に立ったまま見送ったのだ。

「立木は、いなかったでしょ」

「いや、いた」

私の声に被せて立木が言った。「手ぇ伸ばしたまま廊下に飛び出して来たんだよ。〝ミチカ〟って叫びながら。俺、お前があんな声出すと思わなかったからよく覚えてる」

「でも、あの時、私は自分の席から動いてない」

言うと、立木までもが眉間にしわを深く刻んだ。

「なんで、覚えてることが違う？」

立木と合っていた目を離した。

ユリナやケイコたちクラスメイトからミチカの記憶が無くなり、唯一覚えていた立木とも記憶違いが起こっている。せっかく見つけた覚えている人だが。

恐る恐る立木を見る目線は不安定に揺れた。

もし、あの白い手が幽霊とかだったら、漫画みたいに私たちの記憶を弄ったとか……？

「それと、あの日桃山には、冴木以外にもいたかって聞かれたよ」

付け足して言う立木に何も答えられなかった。

立木が持つ写真を見て、隅っこに写っている狐面を見つめた。

「白い手が、ミチカを連れて行った」

「白い手？」

「うん。たぶん、ミチカが大切にしてた人」

立木は目を丸くして「ん？」と、男子大学生にしてはかわいい反応に僅かに笑みがこぼれた。立木はすぐに表情を正して、咳払いして私に話の続きを催促した。

大事にしようと当時決めていたことでも、何かきっかけがないと思い出さないし、記憶に埋もれてしまうのか。ミチカと話すことは、他のクラスメイトたちより多かったと自負している。大学に入ってからは高校の時のことを思い返すこともなく、ミチカとのことを話す機会はなかった。そのうちに忘れる思い出の方が多く、一緒に撮った写真も東京のアパートにないから思い返すことは本当になかった。それでも、ミチカが自ら噂について話したことを忘れるなんて。

ミチカとの思い出の中でこんなに重要なことを、どうして簡単に思い出せなかったのだろう。

*　*　*

「雨だね」

梅雨らしく外では雨がいらないほど降っている。運動部が教室棟で練習をしているおかげで、廊下に掛け声が響いている。

雨の日は家に一度帰らないミチカは、足元に荷物を置いている。

「先週はよく晴れてたのにね」

ミチカが残念そうに呟いて、暗い外を見た。

同じように見るが、今ミチカに見えているものを見ることはできない。

「今、いるでしょ」

ミチカと無言で会話をしているものを恨めしく探しながら、黙っているミチカに言った。

机の上に置いた手が少しだけ動くのを見逃さずに、目だけを彼女に向けた。私が見ているとは思わなかったのか、目が合うとすぐにそらされた。

こんなに動揺するミチカは初めて見た。

「ミーチーカ」

諦めずにじっとりと見つめ続け、ようやく彼女も私を見た。

「今ね、大事な人がいるの」

「……大事な人？」

ミチカの言葉を繰り返し呟いた。

ミチカは小さく頷いて、口を開いた。

「小さい頃に会った人がいてね。その人と一緒にいるって約束したの。……今いるのは、その約束した人」

ミチカは少し頬を赤らめてから、もう一度雨の降る外を見つめた。

ミチカの視線をたどって同じ位置を見たまま、彼女に問いかけた。

「どんな人？」

「穏やかな、優しい人だよ。この人の友人と日向、一年の時に会ってるよ」

二年前の記憶を手繰り寄せて、右肩に乗った手と声を思い出した。確か、あの時に「彼女を頼む」と言われた。その人の友人が今目の前にいるのか。

「この人は、浴衣を着た人だよ。キツネの面をもってる人」

ミチカは私を試すかのようにまっすぐ目を見てきた。

浴衣の人……。

何か知っているような気もするが、浴衣を着ている人なんて私の記憶の中には一人としていない。まして、幽霊の類に友人はいない。

私は何も言わないで、自分が何か忘れているのではないかと必死に、昔行った夏祭りのことも思い出した。だが、そのどれにもキツネの面を持っている人は出てこない。

諦めてミチカを見ると、すでに窓の外に笑みを向けている。見てみたいが、私に見ることはできない。

寂しいな。

ミチカは目の前にいるのに、ミチカと同じものを見て、共感することができない。

外もミチカも視界に入らないように、真下にある英語のノートを見つめた。もうあと三行で、今週の分の予習が終わり、試験勉強ができる。シャーペンを握り、あと少しだけの予習を始めた。

予習分が終わりちらと前を見るが、ミチカはまだ窓の方を微笑んで見ていた。クシャッと音を立てたノートは、手汗で波打ったページが開いたままだ。

私は、ミチカと約束をした人を見ることもできないのだ。

＊　＊　＊

ミチカとの会話を教えると、立木は探偵のように顎に手を置いた。器用に自転車を支え、「ふーん」と一息ついている。

「そのミチカと約束してた人が、たぶんその人」

立木が指に挟んでいる写真を引き抜いて持ち、狐面を指さした。

覗き込むようにぐっと顔を近づけて、「こいつかぁ」と顎に手を置いたまま唸った。それから、スッと私に至近距離で目を合わせてきた。

「桃山はこの狐面、知ってんの？」

間を置かずに首を振った。

さっきも考えていたが、こんな狐面は見たことがない。ただ、浴衣の雰囲気が今朝見た夢の登場人物に似ているのが気になった。

「どした？」

立木が写真を人差し指でくにゃんと曲げた。

まっすぐ正面にある立木の顔にびっくりして、少しだけ後ろに頭を引いた。

「いや。……何もない」

一瞬思い浮かべた夢の絵をかき消した。

すぐ目の前にいる立木は、もう一度私の手から写真を引き抜いた。

じっと見ていたかと思うと、いきなりきれいに唇が弧を描いた。眉尻を下げて、ニヤニヤし始めた。その表情の変化にだんだんと冷めた目を向けていると、気づいたのか彼が慌てて唇を引き締めた。

「いや、だってさ、これがほんとに冴木の大事な人ならさ、良かったな～と思って。好きな人とは思い出共有したいじゃん」

きっらきらした瞳で私を真っ直ぐに見てきた。

幼稚園生のような純粋すぎる立木に気圧されて頷いた。立木は「恋してぇなぁ」と呑気に写真をひらひらさせている。

「そーだね」

狐面の人がミチカの大事な人なら、立木の言った通り写真に写っていてよかった。

立木が言うように、恋がしたい。

『立木君に告白しなよ』

もうミチカの声も忘れたが、以前に言われた言葉がこだました。まだ穏やかに楽しそうに笑っている立木に目をやった。もう好きとか、そんな感情はなく、ただいい思い出になっている。

「ま、何にせよ、冴木さんはいたってことだよな」

立木が軽い口調に戻って、私に写真を寄こしてきた。それを受け取り、もう一度じっくりと目を這わせた。クラス全員での思い出の一枚だ。

「なんか手がかりでもあるの？　冴木さんに関して」

「……んー。とりあえず、明日学校行く。江口先生に会ってみる」

「それ、俺も行ってい？」

立木が口端を持ち上げた。

覚えている立木が来てくれるのは、心強い。

「うん。来て」

答えるとすぐに横に置いていた鞄の中から振動が伝わり、そっと鞄の中を見た。

スマホの画面が母親からの着信を伝えている。

「いーの？」

電話とわかったのか、立木が窺うように聞いてきた。

鞄のチャックをさっと素早く締め、力なく軽く笑った。

「うん。出たくない相手だから」

「ま、そういう相手もいるよな」

詮索もせずに立木が言い、「んー」と高々と腕を上へ伸ばした。伸ばし切った腕をだらんと脱力させ、顎を突き上げたまま気の抜けた笑みを浮かべた。

「家、近いん？」

言葉もなく、立木の言葉に頷いた。「荷物、載っけな」

立木はベンチの上に置いていた買い物袋を軽く持ち上げて自転車の前かごに載せた。荷物を取り返す間もなく、立木はそのまま自転車を進め、マンションの前に着いた。

「明日の午後、あの公園に」

「りょーかい」

立木は自転車に乗りながら、背中越しに手を振って颯爽と去っていった。

一息ついてから、買い込んだ荷物を持ち上げた。

朝お父さんから貰った鍵を使って家に入るのは新鮮で、家に入ったあとでもしばらくの間掌に置いて鍵を見つめた。

玄関からは短い廊下を通り、リビングがある。対面式のキッチンが入ってすぐ右手側にあり、昨日ここでお父さんと適当な料理を作った。仕事好きな父が一人で暮らしているからもっと散らかっているかと思いきや、想像以上にきれいだ。あとは、一人なのに無駄に広い。

買った野菜たちを冷蔵庫に入れる前にキッチンに広げ、夕飯の準備に取り掛かった。

今夜の献立は、大学の友人たちに好評のメニューだ。煮込んでほろほろになった鶏肉と野菜たっぷりのスープ、それと即席だが手作りのパスタソースを作った。

「ただいま」

リビングでテレビをつけて寛いでいると、小さくお父さんの声が聞こえた。

「おかえり」

玄関の方にちょろっとだけ顔を覗かせた。

お父さんの姿を確認し、すぐにパスタの麺を茹で始めた。鞄とジャケットを置いたお父さんがキッチンにやってきた。ジャケットだけを脱いでいて、腕まくりをしながら私の隣に並んだ。見上げるほどの高さにお父さんの顔がある。「ん？」とお父さんが首を傾げてから口を開いた。

「何か、手伝う事は？」

「ないよ。今日はお父さんはじっとしてて」

そう言って、やる気満々のお父さんの背中をリビングに押しやった。

ソファに座らせると、切なそうな目で見上げてきた。

「な、なに？」

おずおずと聞くと、「いや」と言葉を濁らせた。

「こうやって、親離れしていくんだなぁと。それでいつか結婚するんだと思ったら。……なんかな……」

お父さんがまだまだ先の将来を見つめながら話した。

先過ぎて、お父さんについていけない。

「とにかく、今日は何もしなくていいから。あとはパスタ茹で上がるの待つだけだし。ちょっと、待ってて」

パスタの方ばかりを見て話し、すぐにキッチンに戻った。

パスタの鍋を覗くと、いい感じにぐつぐつしていた。

火を止めて、パスタが柔らかくなり過ぎないように手早く盛り付けまでを行った。一緒に作っていたスープも温め、皿によそい、その他諸々と共にお父さんの待つリビングのテーブルに並べた。

お父さんは一品でもテーブルに来ると、食い入るように見つめた。全部が並び終わる頃には、身を乗りだしてソファからずり落ちていた。

「まま、どうせ食べる時は床に座るんだ」

そう言ってお父さんは、私の帰省に合わせて新調したというカーペットを撫でた。

お父さんの隣に足を崩して座り、二人で手を合わせた。

「いただきます」

お父さんは一礼してから、まだ湯気の立つパスタにフォークをさした。お父さんの反応が気になり、自分の分は口を付けずにお父さんの方ばかりをまじまじと見つめた。

「うん。うまい」

一口目を飲み込み、お父さんが満面の笑みを向けてくれた。

食べ終わるとソファに座り直し、テレビを見つめた。相変わらず賑やかなバラエティがどのチャンネルでも流れている。お父さんはソファに座って缶ビールを飲んでいる。

「お父さんとタカバさんって仲いいの？」

怒っているわけではないが、認めたくないという気持ちが抑えきれずに声ににじみ出た。お父さんも察したのか、苦笑いを浮かべて濁した頷き方をした。

「どうだろうな。まあ、悪くないだろうな。彼はいい人だよ。母さんと再婚したのも納得できるくらいな」

振り向いてみると、緩やかに唇が弧を描いている。

母親がタカバさんと再婚するとなった時から、お父さんは諦めや悲しみのような感情を表したことがない。むしろ、母親がタカバさんを選んだことを安心しているように感じた。浮気をされていたはずなのに、それに対する怒りすら感じない。

わからない……。

お父さんをじっと見ていると、穏やかな笑みのまま見つめ返された。

「日向はどう思う？」

探るようにして目を合わされた。目を伏せて昨日会ったタカバさんを思い浮かべ、ゆっくりと口を開いた。

「いい人だとは思うよ。親戚の叔父さんみたいな感じ」

タカバさんの笑顔を思い浮かべて呟くようにして言った。

優しげな笑みを浮かべるタカバさんは結婚するには理想的な人なのかもしれない。でも、不快感が湧いて出てくる。

「お父さんがタカバさんとどう付き合おうと、口出しするつもりはないよ」

抑揚のない事務的な声色で言い放った。

お父さんの「そうか」という落ち着いた声が聞こえ、目を伏せたまま前に向き直った。嫌いではないが、認めることはできない。睨みつけるようにテレビを見た。

またしばらくの沈黙が続き、お父さんに促されてお風呂に入った。

湯船に首までつかって、風呂場に響くほどため息を吐いた。母親とタカバさんのことを話しても、高校の時に感じた気持ちの悪さはなくなった。高校の時は母親が同じ部屋にいるだけで、気持ちが沈んで重苦しい気分になった。自室で一人になった瞬間、息が楽になる感覚がするほどだった。

＊　＊　＊

「だったら、家を出ないとなぁ」

江口先生の明るい声が目の前からした。

母親が不倫している場面を見て、学校が始まってすぐに先生に相談した。授業後に狭い放送室に二人で机を挟んで向かい合って座った。先生は声が上ずってかすれて聞きづらい私の話に黙って耳を傾けていた。

だが、私が「家を出たい」と言ったら、こうだ。霞んでいた私の視界も晴れてしまった。先ほどまでは神妙な面持ちで「それはつらいな」とか言っていたはずなんだが。

「大学進学で出たらどうだ？」

これが教師の言う言葉か、と疑いたくなるぐらい軽い提案だ。

「まぁ、そのつもりです」

残った涙を手で強く拭って目の前に座る先生を見据えた。

先生は泣き止んだ私を満足そうに見て笑みを深くした。目尻に余計しわが寄って、親しみやすさが増している。

「悩みを相談する人の九割ぐらいはな、話を聞いてもらうだけですっきりするんだよ。解決まで必要とするのは、ほんの少しの人だけだ。それに、自分でその感情と上手く折り合いを付けないといけないしな。話ぐらいならいくらでも聞くから」

先生が頼りがいのある力強い声で言い、私の頭をくしゃりと撫でた。

＊　＊　＊

先生が言っていた通り私は悩みを抱く多くの人と同じく、聞いてもらうだけでその後だいぶすっきりとした。湯船につかったまま昔のことを思い出し、体がほてってのぼせているのか立ち上がろうとしたらくらくらする。

頭が揺れないように慎重に部屋着を着てリビングに向かうと、お父さんの話し声が聞こえてきた。リビングに続く扉を開けるのをためらっていると、内容的に母親と電話をしているのがわかる。離婚する前は当たり前だが、離婚後もたまに連絡を取っているようだ。タカバさん同様年に一回とからしいが。

わざと大きな音を立てて入ると、電話を掛けたままお父さんが私の方を振り返った。電話を切る様子もなく、私は水を取りに冷蔵庫を開けた。ペットボトルのまま取り出して部屋に行く時には、お父さんは電話を切ってまた缶ビールに手を付けている。

「お父さんってお酒強いよね」

私もお酒には結構強い方だが、お父さん譲りだろうか。

すでに机の上にはタブが上がっている缶が三つ置かれている。お父さんの顔が赤くなっていることもない。

顔つきなどは母親似で嫌気がさしている。性格はお父さんに似ているらしく、部屋の色調や服のセンスもお父さんと似たところがある。

「飲むか？　まだあっただろ」

お父さんが冷蔵庫を指して言うが、首を振って拒否した。

「やらないといけないことがあるから」

ミチカの手紙と写真を思い浮かべた。

こっちにいるのはあと三日のつもりだ。帰った次の日にはバイトを入れているから、何があっても帰らなければならない。

「大学の課題か？」

手伝うぞ、と腕まくりをする仕草をして真面目に言われた。

さっきまでお父さんが母親と電話していたことも忘れ、少し笑って違うと否定した。

「高校の時の友達。神隠しにあったって噂になった子がいるから、その子について」

「あー、いたらしいな。名前なんだっけ？」

「知らないと思うけど。……冴木ミチカっていう子」

恐る恐るとミチカの名前を出した。

お父さんだったら「知らない」と言われても、別に不思議ではない。お父さんとの間のしばらくの沈黙の間、お父さんは眉間にしわを寄せたり、顎に手を当てたりと忙しなく表情を変えた。

最終的に「あっ」と声を上げて、明るい顔を向けた。

「ミチカちゃんか！」

パッと輝きをみせた目と合った。

「……なんで？」

急なお父さんの反応に口を半開きにしたまま固まった。

お父さんは気にした様子もなく、「そうだ。ミチカちゃんね」と弾んだ声を出した。私がずっと黙っていると、お父さんは居住まいを正した。立っている私と向き合うように座り直した。

「確か、小学校に上がった頃だよ。前の家の近くに雑木林があっただろ？　そこで遊んでいたみたいなんだ。詳しいことはわからんが、楽しそうな夏だったよ」

お父さんは柔らかい笑みを浮かべた。

昔を懐かしむようなお父さんに距離を感じながらも、小学校に上がる前後のことを思い浮かべた。ケイコとよく遊んでいて、幼稚園からの友達とお父さんの言う雑木林前の空き地で遊んでいた。

「その頃はケイコちゃんよりもミチカちゃんの名前の方がよく聞いたかな」

「ケイコよりも会ってたってこと？」

お父さんは首をひねった。

「どうだろう。でも、そうじゃないかな？」

お父さんはにっこりと笑った。

つられて、引きつった笑みが出てきた。高校で会ったミチカは、私を知っているような口調の時が時折あった。

「でも、突然名前を聞かなくなったんだ」

「突然？」

「あぁ。夏休みが残り一週間って頃にさっぱりとね。そこから、日向もおとなしくなったんだよ。図書館とか、本とかそっちの方に興味が移ったんだ」

「……今の私に近づいたわけね」

言うと、お父さんが小さく笑い声を漏らした。

自分でも思うほど嫌なくらい冷たい目をすることが多い日々を思い起こした。同じくらい何事にも冷たい態度をとることもある。

「なかなか自分に辛辣だな」

お父さんは恋人にでも向けるような視線を寄こした。

そういう視線も嫌じゃないくらいにはお父さんのことが好きだ。お父さんは周りが思う以上の親ばかだが、私もかなりのファザコンだ。

「東京行ったらね。周りがレベル高いし。やりたいこと持ってる人ばっかだし。……私は逃げてばっかだし。友達のことさえも忘れてるような奴だしね」

どこを見るわけでもなく、一点に焦点を合わせひとり言のように呟いた。肩を動かして息を吸い込み、気を取り直した。お父さんを見直すと、心配そうな表情を一気に何ともつかない笑みに変えた。

「日向、ここにはいつでも帰ってきていいんだよ」

お父さんがちょっとだけ意地悪な笑みになった。「逃げるのがうまいのは、俺はいいことだと思うよ」

The 4th Day

淡い光に包まれ、辺りの景色もほのかに霞んでいる。

その中心には古い屋敷と梅の木がある。梅の木がある方に面して屋敷の縁側が設けられていて、その縁側には誰かがゆったりと座っている。

近寄ってみると、縁側にいるのは薄い空色の浴衣を着た男だ。男の横にはキツネの面が置かれている。灰色の髪がサラサラと風に揺れている。長めの前髪が目元を覆い、表情を隠している。淡い光に包まれているのが余計男のはかなさを助長している。何かを待っているかのように、何をするわけでもなく時間がゆっくり過ぎるのを待っていた。

日が傾き始め、男は色の白い顔を上げて涼やかな目元に笑みをたたえた。

「やあ。今日も来てくれたんだね」

男に私のことは見えていないらしい。

男の視線は私を通り越して、私の背後に向けられていた。少しだけ顔を後ろに向けた。

屋敷の周囲には見知った雑木林が広がっていて、背後には小さな轍が続いていた。その轍の入り口に小さな女の子が立っていた。肩よりも長いふわりとした色素の薄い髪を下ろしている。夏らしく白いワンピースを着ていて、輝いた目で頷いた。

「うん！　……ねぇ、日向ちゃんは？」

突然呼ばれた自分の名前に肩が震えた。

女の子がふわりとスカートを翻しながら、縁側に駆け寄った。彼女は、縁側の男の隣にちょこんと両手を置いて男を見つめあげた。

男は寂しげな視線で女の子を見つめた。一瞬だけ視線を下げ、次には憂いはなくなり優しさだけが残っていた。

「……。日向が来るまで、僕と遊んでいようか」

自然と男の口からも名前を呼ばれ、目の前の二人に目を見張った。

二人が楽しげに会話していると、真横でぶわっと風が巻き上がった。そちらを見ると、気持ちのよさそうな黄金色の毛をしたファンタジーにでも出てくるような大狐が現れた。

驚いて動けずにいると、大狐がしっかりと一度だけ私に目をやった。大狐と目が合ったことに息が詰まり、瞬きすらできないくらい空気が張り詰めた。大狐はすぐに女の子に鼻を突き出す格好で伏せた。女の子は怖くないのか大狐の横に回り込むと背によじ登った。大狐はフンッと砂が吹き上がるくらい鼻を鳴らした。女の子が上ではしゃいでいるのを気にも留めずに、空気を巻き上げて空に飛んだ。恐る恐る屋敷の方に向き直ると、大狐は屋根に飛び乗ることで、階段があるかのように軽やかに空中を跳ねている。

視線を感じ、改めて縁側を見ると男がじっと私を見つめていた。

目を逸らせずにいると、生きてきた中で一番肺に息が入り気持ちのいいくらい深呼吸ができた。体が軽くなり、つんのめるように前へよろけた。何とかこけずに足を踏ん張っていると、男は優雅な仕草で立ち上がった。

「待っているよ、日向」

男が目を細め、色っぽく囁いた。

目がじっと合ったまま、時間が止まったように私も男も動かなかった。もう一度大きく深呼吸をした。男は最後に微笑んで、すっと目線を屋根の上ではしゃぐ女の子に向けた。

満面の笑みで手を大きく振る女の子に、男は愛おしげな目を向けた。

「怪我をするなよ、ミチカ」

＊　＊　＊

手櫛で簡単に寝癖を直し、部屋着のままリビングに出た。

すでにお父さんはソファに座って新聞を読んでいた。私に気づくと、ニコリと笑って新聞をテーブルに置いた。「おはよう」と朝からいい声を響かせてキッチンへ向かった。

「スクランブルエッグ」

お父さんは少し火で温めたあと、さっと白い皿に載せてテーブルに私の分の朝食が用意された。その前に座り食べ始めると、お父さんも新聞を持って私の前に座った。

「今日は、ケイコちゃんたちと会う？」

新聞を折りたたんだままテーブルの上に置き、正面から聞かれた。

すぐに立木の顔が浮かんだが、お父さんの言葉に頷いた。

「そう。高校に行こうってなって」

目線を手元のスクランブルエッグに落とした。

「そうか」

お父さんの声だけを聞き、口に卵を入れた。「……夜には行きたい所があるんだ。それまでには、帰ってきてね」

「行きたい所？」

思わず顔を上げた。

箸は持ったまま、ベーコンに刺さっている。お父さんは口角を上げて、無言で頷いた。

「そう。行きたい所」

「どこ？」

眉間にしわを寄せて聞くが、教える気はないのか笑顔を崩さないままだ。悩むわけでもなく、お父さんは時計に目をやった。

「夜の七時には予約しているんだ。だから夕方には家を出たいと思ってるんだ。……あと、目一杯おめかしして」

お父さんの言葉に口が半開きになって、首を横に傾けた。

お父さんは少しだけ笑みを薄くしたが、まだにこにこしたまま私の反応を見ていた。私はためらいながらも、ぎこちなく頷いた。

「わかった。たぶん、早く帰って来れるから」

「……ありがとう」

　立木との待ち合わせは午後一時。

　昼を食べて居ても立っても居られず、飛び出してきたせいでまだ三十分も余裕がある。

「はー」

　空を仰いで大きく息を吐いた。

　雲が空に薄くかかり、霞んで見えた。しばらく切れることもない薄い雲を見上げていると、ゆっくりと影ができた。

「よー。はえーな」

　声をかけられるのと同時に立ち上がり、やって来た立木と向き合った。

　自転車はなく、荷物もなく身軽に歩いてきたようだ。二人で連れだって、畑の中にある学校に向かった。土曜日の今日は部活はあるが、教室を使っていることはない。

　大学受験の全日程が終わった今、学校は唯一静かな時期だ。受験生で埋まる職員室前のどの机も、誰も使っていない。

「えーぐち先生！」

　今日は職員室にいた先生に後ろから立木と同時に肩を叩いた。

　先生は特に驚いた様子もなく、椅子を回転させた。もう一人が立木とわかるとさすがにびっくりしたのか、「おぉ」と声を漏らした。そのあとすぐににやっと笑った。

「お前まで来るなんてな」

「部活には時々顔見せてるんですけどねぇ」

立木が苦笑した。

バスケ部だった立木は在学中から後輩に慕われていた。今でも部活に顔を出すなんて、相当部活への思い入れが強い。

「だったら、グラウンドにも顔出せ」

先生が立木の二の腕をバシンと音を立てた。

立木は「すんませぇん」と笑顔でヘラヘラした。三年の教室では、いつも遅刻ギリギリだった立木と時間よりも若干余裕を持って来る先生とのやり取りが朝の恒例となっていた。

「で、教室か？」

先生が意味深な目線を私に寄こした。

口の片端を吊り上げ、私が頷くのを確認すると立ち上がった。

「お前は？」

「俺もです」

立木がそう言うと、先生は呆れたように笑った。それからは何も言わずに、私たちの前を歩いて教室まで連れて行ってくれた。

職員室のすぐ脇にある階段を上り、花よりも木の多い中庭を通る渡り廊下を通った。その後にも一メートルもないくらいの短い渡り廊下を渡り、ようやく教室棟にたどり着いた。

「うっわ。懐かし」

立木が教室にたどり着くや否や言った。

後ろで立木と先生が談笑しているのを聞きながら、ためらわずに教室に入った。机の配置も何も変わっておらず、番号順で私の席だった窓側後ろから二番目の席にたどり着いた。私の席だった机に手を置いて、そこから見える景色を眺めた。四つある校舎棟が対称にあり、それぞれが渡り廊下でつながっている。つながる階はそれぞれバラバラで、一年の春は移動教室に苦労した。「ハリー・ポッターみたい」とユリナが呟いていたのを思い出し、外を眺めながらフッと息が漏れた。窓からすぐ下に見えるのは、昇降口へ行ける舗装された道路だ。二年生や三年生はこの道路を通って、教室のあるこの棟に入る。

一通り教室を見回してから、窓を背にして座った。立木と先生はまだ教室の扉の所で話していた。頬杖をついて黒板、外の順で視線を動かした。

鞄の中に入れていた、ミチカの母親から預かった写真を取り出した。ミチカもちゃんと写っている写真だ。机に正面に座り直し、机の上に置いた両手で写真をつかんだ。

『私を、見つけられますか？』

ミチカから送ってこられた雑木林の写真の裏に、ミチカのきれいな字で書かれていた。

「……どこにいんの」

悪態のように言葉が出て、椅子にもたれかかった。

辛うじて見える運動場ではまだサッカー部が練習をしている。窓を開けると、第二グラウンドからは野球部の掛け声が聞こえてくる。別の棟からは吹奏楽部の楽器の音も聞こえてくる。窓を背にして、再び誰もいない教室を見つめた。私の席の斜め右前がケイコの席で、教室の真ん中がミチカの席だ。ユリナはど真ん中の列の一番後ろの席だ。頬杖をついて懐かしい景色を思い浮かべた。

＊　＊　＊

「と、いうことで学祭の実行委員は俺と、桃山でーす！」

立木のテンションの高い声が教室に響き、クラスメイトたちの拍手がなった。

窓際の前から二番目の席にいる私は肘をついた手に顎を乗せて不愉快な目線を、教壇に立っている立木に送った。立木は変わらずにこにこと笑っている。

「桃山も一年の時に委員だったし、な！」

一年生の時には委員会に所属していなかったため、学祭委員に選ばれた。その頃は、担当するのは主に文化祭だけで、体育祭は体育委員が受け持ちになっていた。だが、学祭の反省会を含めて十月まで嫌というほど忙しい日々を過ごした。

「やりたくない」

掃除の時間に窓際から外を眺めて呟いた。

隣にいるケイコは箒を手にしたままフフと笑った。ケイコは微笑んだまま壁にもたれ、教室内で友人と談笑しながら掃除をさぼっている立木のいる方を見た。

「災難だね。一年の時もうやりたくないって言ってたのに」

ふて腐れる私とは対照的に、愉快そうに口角を上げるケイコ。恨めしく横目で睨んでいると、立木に後ろから名前を呼ばれた。

立木の方を振り向くと、担任の江口先生が一緒に立っていた。

「今日の放課後、一回目の集まりだってー」

嬉しそうに話す立木に頷いてから、また外を見ながらため息をついた。

掃除もすぐに終わって、帰りのホームルームも終わると、鞄を持って立ち上がった。いつもなら教室に残って今から勉強ができるはずだったのに。

肩を落として教室を出ると、ミチカがロッカーの前で外に笑顔を向けている。

「どーかした？」

声をかけると、背伸びをして笑顔のまま私を見た。

「今日も来てくれてるの。今日はね、金色の毛の狐だよ」

「相変わらず、目がいいね」

じっと目を凝らしても私には何も見えない。

ミチカが照れたように顔を伏せてから、まだ狐がいるであろう方を見やった。首を傾げて黙っていると思ったら、ゆっくりと私の目を見た。

「元気そうでよかったって。日向に伝えてほしかったみたい」

にっこりと笑って私に言ってから、窓の外に手を振って「バイバイ」と言った。見えてはいないが、私も見えない狐に頭をさげてみた。『元気そうでよかった』って言うことは、私も彼らにはよく見られているのか。

「じゃ、委員会頑張ってね。日向」

可愛らしい笑みを向けて、教室の中に入っていった。

三年で最初に話してから、ミチカの丁寧な話し方は変わらない。変わったことは、敬語では話さなくなったことぐらいか。会話の中には必ず私の名前を入れて、呼びかけてくれている。この前の放課後には、ケイコもちょっと話すようになり、友人が増えたと喜んでいた。

ミチカの後ろ姿を見ていると、頭に重いものがぶつかった。そっちを見ると、立木がなんでもないような顔つきで立っている。

「行くぞー」

そのまま引っ張られるようにして、委員会の行われる教室に向かった。

隣の教室棟の三階にある多目的室で委員会が行われ、教室からは短い渡り廊下を渡ってすぐの所にある。多目的室には半分ほどの人たちが集まっていて、立木と並んで一番後ろの席に座った。

「これから忙しくなるなー」

立木は大きく息を吐いて、伸びをしながら他人事のように言った。

私は頬杖をついて、のんきに言う立木を横目で睨んだ。

「面倒臭い」

「文化祭楽しいじゃん」

素直な思いを呟いた立木が口を尖らせた。

ちょうど教室に入ってきた学祭委員担当の江口先生を目で追いながら、小さい声で言った。

「今年から、学祭委員は体育祭も兼任じゃん」

視界の隅に、目を丸めて間抜けな面をした立木が映った。

江口先生が一人ずつに今年から変更になった委員の仕事をまとめたプリントを配り、説明を始めた。クラスで委員を決める時も、担任である江口先生が詳しく説明してくれていた。プリントには簡潔にまとめたものが書かれている。

去年までは文化祭の運営だけを生徒会と協力して行っていたが、今年からは体育祭も協力することになった。当日の審判や整列係などの簡単なものばかりだが、仕事が増えるのは面倒でしかない。立木もプリントを握り締めて、「くっそー。メンドクセー」と悶えている。

「今年から仕事が少し増えるが、しっかりとこなすように協力頼むな」

先生のよく通る声が教室にいる生徒たちから返事を促し、私たちも気の抜けた返事を返した。集まりは簡単な説明だけで終わり、部活に急ぐ人やゆっくりと帰宅する人などが教室を続々と出て行っている。

「桃山帰る？」

立木が立ち上がりながら私の方に顔を向けた。

「いや、教室に残るつもり」

帰る準備万端の立木に向かい合って立った。

立木は意外そうにしてふーんと頷いて、鞄を肩にかけた。

「俺は帰るわ。じゃな」

片手を上げて答えると、歯を見せて笑い、教室から出て行った。

誰もいないであろう教室に私も向かった。


湿っぽい梅雨も通り過ぎ、日差しが厳しくなってきた。窓際の私は風が通って涼しさがあるが、外からの日差しが苦痛になってきている。そんな間にも委員会の集まりは時々あり、着々と九月の頭にある学祭の準備が進んでいった。学祭に関する役割分担も決まり、各グループで集まって話し合いが始まった。

「文化祭では、焼きそばを提供する飲食店でいきます。関係ないという人も積極的に参加するようにしてください」

昨日の委員会で決まった連絡をクラスに聞こえる声で伝えた。

クラスのあちこちから、楽しげな声がいろいろ聞こえてくる。文化祭までまだ二か月もあるのに、文化祭班の人たちは張り切っている。クラスで担当する係がないという人はおらず、体育祭班の人たちも大きい声を出してやる気に満ち溢れている。

梅雨が過ぎた今の放課後の教室は学祭の準備で残る人たちが多くなり、落ち着いて勉強ができる環境ではなくなった。帰るのはまだ活動が禁止されている体育祭班の一部の生徒たちだけだ。

「冴木さーん。そっちの端、持ってもらってもいい？」

文化祭班に入ったミチカは班のメンバーと上手くやっているようで、最近ではクラスの人たちと話しているのを見かけることが多くなった。しっかりしている面があるため、なんだかんだと頼りにされている。

クラスで活動しているみんなを眺めていると、後ろの方で看板制作をしているミチカと目が合い、にっこりと笑って手を振られた。つられて手を振って、自分でも驚くくらい柔らかく微笑めた。

「よかったな。冴木がみんなと仲良くなれて」

私と同じように手持無沙汰な立木が前の机との間に来て、壁に寄り掛かって立った。腕を組んで、目を細めて笑みを浮かべている。

「そうだね。クラスもまとまってきたかもね」

いきなり現れた立木に目配せしてから、肘をついた手に顎を乗せて教室内に視線を向けた。クラスの誰もが積極的に出し物の手伝いをしていて、みんな笑顔で動き回っていて活気がある。

ただ、学祭の準備が順調に進んでいても定期試験はちゃんとやってくるもので、先週の木曜日から放課後に教室に残っているのは私だけになった。進路も絡んでくる夏休み前の試験で、教室に残らずに図書室に行く人が増えた。

机の上には二週目に突入した英語の提出物が隅に追いやられ、代わりに大学図鑑が真ん中を陣取っている。文系学部の最初のページに記載されている文系学部相関図を眺め、ぱらぱらとページをめくってはため息をついた。

世界史は得意で江口先生に歴史関係を勧められたことがあったが、進もうと思ったことはない。学部名や学部紹介を見ても、ピンとくるものがないのだ。

「日向」

ちょうど歴史学部のページを開いた時に、ミチカが教室にやってきた。

私の前の席に座ると、大学図鑑を覗き込み「歴史だ」と嬉々として目を輝かせた。ミチカは情報などの近代的な科目は壊滅的にできないが、古典や日本史などの授業は、クラスのほとんどの背中が丸まっている中一人背筋を伸ばしている。

「ミチカはどこ行くの？　やっぱ、文学部とか？」

文系学部ページの前半にある文学部のページを開いた。

んー、と首を傾げたミチカは、誤魔化すようにフフと柔らかく笑った。

「行かないよ、大学」

言葉が出ずにミチカを見つめた。ミチカは成績がよく、授業で結構難しい問題が出てもためらわずに正解を出している。

「勉強は好きだけど、大学には行けないんだ。私」

「……そう」

ミチカは微笑み直して窓の外を見た。

「約束した人がいるって言ったでしょ。十八歳の誕生日に迎えに来るの」ミチカは私の方に向き直った。「小さい頃にね、おばあちゃんの家に遊びに行った夏に、近くの雑木林でよく遊んでたの。同い年の女の子ともそこで友達になって、楽しかったんだ」

ミチカは寂寥感漂う目で私の目をじっと見据えた。何かが伝わってきそうなほど見つめられた後、ふわりといつものような笑みに急に戻った。

「一人で友達を待っている間、その人とお話ししてて。その人も一人きりでね、寂しかったみたい。友達はある日突然来なくなったから、その人とこの前学校に来てた狐に遊んでもらっていたの。それで、私が帰る前にその人に寂しかったらいつも一緒にいてあげるって言ったから」

懐かしそうに目を伏せて、優しい温かみのある声で言った。

ミチカはそれが原因で人に見えないものが見えるようになったのだろう。いつも見えているものは、約束した人と関係するものばかりだったとミチカが付け加えた。

「ミチカの誕生日ってさ、二月二十九日だよね？」

「そう。来年は閏年だからちゃんとあるんだ」

約半年後の明日にはミチカはいなくなるということだ。

目に入った教室の前方に吊るされているカレンダーを見て、キレよくミチカに向き直った。

「そしたら、卒業式は……？」

目に力をこめて切羽詰まったような声が出た。

卒業式は、ミチカの誕生日の翌日の三月一日だ。

ミチカは少し考えてから、困ったように笑い声を漏らした。

「わからないや。誕生日に来るって約束しちゃったからなぁ」

卒業式に出られなくても気にしない様子のミチカに、訳のわからないいら立ちが募り、吐き出すように肺にある空気をすべて出した。

ミチカは小首を傾げて私を不思議そうに見ている。

「ミチカは、それでもいいんだね」

他人行儀な、どこか冷めた風で、俯き気味で言った。

目だけミチカの方に向けると、ミチカは眉尻を下げた笑みを浮かべて悩んだふうもなく口を開いた。

「残念だけど、しょうがないかな」

夏休み前の期末テストは、今までにないほど悪い出来で江口先生に呼び出されるほどだった。テスト期間は、ミチカの言葉がぐるぐると頭の中を巡り、他のことは考えられなかった。約束の話はよく聞いていたが、本当だとは思っていなかった。

テストが終わった後は本格的に学祭の準備が始まり、委員の仕事も一気に増えたがそれどころではなく、テスト前に聞いたミチカの話が忘れられなかった。

「桃、それこっち」

体育祭の巨大マスコットの制作を手伝っていると、ケイコに声を掛けられ心配そうに駆け寄ってきた。近くで休憩していたユリナもゆっくりとした足取りで来た。

「ゴメン」

二人の顔を見て、短く謝った。本来あるべき所に、持っている材料を持っていこうとすると、手元から材料が抜き取られた。

「桃山、ここにいる人数分のジュース買ってきて。金は後で渡すから。瀬山もよろしく」

「ほーい」

体育祭の手伝いで少し焼けた立木が軽々とペンキの入った袋を持っていった。

立木の声掛けに元気よく返事したユリナは私を置いて自動販売機のある所に向かっている。隣に立つケイコはユリナの背中を眺める私の顔の前にずんと顔をのぞかせた。

「わたし、ピーチティーね」

お金をポケットから出して「よろしくー」と元いた場所に戻っていった。

暑い日差しの中、ユリナを走って追いかけた。運動場の端では、各団決められた場所でマスコットを作っている。その前を通り過ぎて、まだまだ色の白いユリナに追いついた。ことあるごとに日陰に行き、日焼け止めをこれでもかと塗りこんでいる結果だ。

自販機には他の団の人たちが溜まって休んでいる。ちょうど校舎の陰になっていて、夏の季節には最適のサボりスポットになっている。

「みんなお茶でいっかなぁ」

ユリナは言葉と同時にお茶のボタンを連打して、十本分の缶を腕に抱えた。

私も自販機の前に立ち、缶の列のボタンを一つずつすべて押した。中には、ケイコ希望のピーチティーもちゃんと入っている。ボタンを押し終えると同時に背中に重みを感じ、振り向くとユリナが背中を合わせてもたれかかっている。

「なんかあったらさー、すぐに言いなね」

ユリナは背中を離すと私と向き合った。「桃、溜め込むタイプだから」

ニカッと顔いっぱいに笑顔を出したと思ったら、鼻歌を歌って私が缶を持つのを待つことなく歩き始めた。

僅かに笑みが漏れ、落とさないように缶を持った。

受験勉強そっちのけで、夏休みの間中も文化祭、体育祭の準備に取り組んだ。文化祭で提供することになっている焼きそばも、それなりになってきた。委員として試食には毎回立会い、上達が目に見えてわかった。体育祭一色の運動場では、どの団の巨大マスコットもほぼ完成してきた。

「あと少しだなー」

さっき貰った焼きそばを頬張りながら、立木が窓から身を乗り出すように運動場を見やった。まだ学祭の雰囲気がない教室で、会計のノートを開いたまましばしの休憩をとっていた。

「桃山、体育祭は何出んだっけ？」

「玉入れと、タイヤ奪い」

桟に手を付けて体を乗り出したまま、顔だけこちらに向けてきた立木に簡単に答えた。

「俺、リレーに借り物競走だかんなー。走ってばっか」

「立木、応援団もやるんでしょ？」

聞くと「まーね」と言って、大口を開けて最後の一口を食べた。

しばらく食べづらそうに口を動かし、飲み込むと安心したように一息ついた。

「桃山も参加するでしょ？」

口の端についたマヨネーズを親指で拭いながら聞いてきた。

「ユリナに引っ張られて」

体育祭にはほとんどの生徒が参加する応援団、演舞と呼ばれるものがある。学祭中に一番盛り上がる演目だ。太鼓をたたいて大声を張り上げるようなものではなく、振付があり舞に近い。大勢の生徒が手作りの衣装を着て振付も自分たちで考える。

毎年参加する人は多く、三年生はほぼ全員が参加している。外で毎日練習をして面倒この上ないが、ユリナに半ば強引に参加させられた。

「桃山って意外とそういうのやるよね」

演舞の練習で肌の色が濃くなった立木は、白さが目立つ歯を僅かに見せて微笑んだ。

私たちのクラスでは約一名を除いて忙しい中、全員参加だ。

「立木の友人の佐藤は参加しないみたいだね」

唯一参加しない佐藤の名前を出すと、唇を引き締めた曖昧な笑みを浮かべた。

演舞だけでなく、学祭の準備にも不参加気味で八月も半ばになった今日までにまだ数えるほどしか見ていない。それにもかかわらず、クラス内からの不満の声は一切聞かない。

それなりに友人からの人望を得ているが、三年間生活してきて一番謎の人物だ。

「まぁ、あいつはそういう奴だしね。夏休みは学校の図書室にいるよ」

佐藤のいる意外な場所を聞き、眉をしかめた。

「じゃ、手伝えばいいのに」

「んー、あいつはそうはいかないんじゃない？　親厳しくて、一年の時から学祭には不参加気味だったし。『出席日数に関わるから、学祭にも来れてる』って苦笑いしてた」

佐藤に言われたことなのか、立木は面白そうに佐藤の声色を真似て言った。

「佐藤って、お坊ちゃん？」

すぐに思い浮かんだ言葉を言ってみると、立木はたまらずに噴き出した。

「違うけど……。どこまで言っていいのか微妙だけど、あいつの両親は結構エリートな方たちで。相当期待されてるみたいだよ」

言い終わると、立木は苦笑いを浮かべた。

立木の表情だけでも、佐藤に相当のプレッシャーがかかっているのが読み取れる。私にはそんなプレッシャーはかかっていないから、想像もできない。大学も決めていないくらいだ。

「立木は大学行くの？」

白紙のまま出した進路希望表を思い浮かべて、何も考えずに口に出した。

「そりゃ、行きたい大学はあるけど……」

不思議そうに眉を寄せて、ちゃんと答えてくれた。

模試の時には無理やりに書いているが、はっきり言って行きたい大学は特にない。できれば、母親と離れたいという希望しかない。

「どこか聞いても平気？」

ちょっと詰まってから、咳払いをして言いにくそうにして言った。

「……名古屋」

「名古屋」

ためらいがちに言った名前を、何の躊躇もなく復唱した。

少し頬を染めて口を尖らせながら、窓の外に顔を向けてからちらと目線を寄こした。

「桃山は？　名古屋とか受けんの？」

「いや。最近偏差値落ちて来たから、公立は無理だ」

上がっていたはずの学力は今年になって、目に見えて落ちた。二年生の時に狙っていた大学もC判定に下がった。

「県内？」

なおも頬を若干赤らめたままの立木に聞かれ、首を振った。

「出るよ。どんな大学でも、県外行く」

ようやく決意のこもった声で宣言のように言い放った。

やっと県外に行く決心ができたような気がする。いつも通りだが、力が入る目で立木を見つめると、弱々しい目が向けられている。立木はいつもより覇気が薄く緩く頷いて、演舞の掛け声が聞こえる運動場を眺めた。

立木の感情が読めずに見つめ続けていると、「見るな。なんでもない」とぶっきらぼうに目線を合わせずに言われた。

「お二人さーん」

声の主を見ると、ケイコでその隣にユリナが笑顔で手を振り、後ろにはロッカーに身を預けた佐藤がいた。

「もうすぐ、演舞の練習」

ケイコの言葉に手元の会計手帳を見下ろした。

「会計、記録しきれてない」

苦々しく会計手帳を睨んで手に取って立ち上がった。

立木も「しまったぁ」と思い切り体を折り曲げ、同じように会計手帳を睨んだ。

「帰りだな」

重い声で立木が言い、力なく頷いた。

教室の入り口では、会計手帳の面倒臭さを知らないユリナが拳を握ってきれいに唇が弧を描いている。

「ドーンマイ」

私と立木の周りに漂う空気が見えていないのか、調子のいい言葉を軽く言ってのけた。

二人そろって、呪いをかけられそうなにらみをユリナに向けるが、怯むことなく微笑をたたえている。隣のケイコはユリナを呆れた笑みで見て、「頑張って」と手伝う気のない言葉をくれた。後ろに控える佐藤に至っては、意味深な視線を立木に送って、悪い笑みを浮かべている。

「あとで、ジュース買いに行く」

隣でぼそりと呟いた立木に、賛同の意を示して大きく頷いた。

私たちの団の練習場所である第二グラウンドに行くと、大勢がすでに集まって振りを確認し合っている。佐藤もだるそうだがついてきて、カセットの前に座った。

男女別に練習を始めた時にケイコが佐藤に目くばせしながら教えてくれた。

佐藤の方を見ると、表情が少し和らいで楽しそうにカセットをいじっている。立木が話しかけて、二人でおかしそうに破顔している。

「日向」

二人の方を見ていると、不意にミチカに声を掛けられた。

相変わらずつかみどころのない雰囲気だが、健康そうな見た目になった。最初は、参加の予定ではなかったが、途中から文化祭班の子たちに引っぱられて来た。

「振り覚えた？」

言葉を交わさなかった日が多かったが、案外すんなりと言葉が口から出た。

ミチカは嬉しそうに目を細めてから、「最初の方は」と可愛らしい笑みを向けてくれた。

「あと一か月切ったからね。あー、大変」

頭をかいて、暑くてつらそうだが、楽しげに笑い声をあげて練習をしている周りを見回した。ユリナはケイコの陰に隠れてせっせと日焼け止めを塗っている。ミチカと一緒に二人の所に行き、本格的に始まった練習に参加した。

一時間半くらいの練習を終え、制服に着替えて職員室前の机に立木と一緒に陣を張った。お互いの手には文化祭班から貰ったジュースが握り締められ、間に会計手帳が開かれている。

「さぁ、やろうか」

先に気合を入れた立木がシャーペンを持って会計手帳と向き合った。

さっきまで私がつけていたから、しばらくは見て口添えをするだけで済みそうだ。すぐになくなりそうなジュースをちびちび飲んで立木の書いていく文字を見た。

男子にしてはきれいで読みやすい字を書く。授業中に板書をしても、見やすくてノートに写しやすい。いつもにこにこしていて人当たりもいいから、教師とか似合うな。

一人で立木の将来を考えていると、怪訝な目を向けられた。

「ちょっとは手伝えよ」

掌の汗をタオルで拭い、立木が写し終えたレシートを班ごとに日付順に整頓した。班ごとにするとそれほどの量もなく、まとめるのに時間はかかりそうにない。立木の仕事スピードを横目で確認しながら、ゆっくりと手を動かした。

「おー、お前ら残ってたのか」

江口先生が後ろからやってきて作業を覗き込んだ。

立木も顔を上げ、二人で江口先生を見上げた。ノートへの記入はあと少しで終わる。

「もう少しで終わるんで、あとで持って行きます」

立木はノートが見えるように体をずらした。

先生はきれいにまとめられているノートを見て、満足そうにして立木の頭を軽く触った。

「頼むな」

言ってから、資料室のある三階に続く階段を上った。

先生が上り終えて見えなくなるまで階段の方を見ていると、立木に背中を小突かれた。

「戻ってきた時に渡せるようにしとこ」

立木は真面目な目で作業に再び取り掛かり始めた。

結局この時間は、立木がずっと記入をして私がレシートをまとめる作業をしていた。先生が三階から戻ってくるまでに記入を終えて、少し話していると先生が資料を持って上から降りてきた。ついでに先生にノートを渡して、今日は大人しく家に帰ることにした。

「まだ明るいな」

立木の言う通り、もう七時近くになっているが、空はまだほんのりと明るい。

立木が自転車を引き、駅まで一緒に歩いてくれている。私も来ようと思えば自転車で通える範囲だが、夏は暑さで、冬は凍るような寒さで電車通学に甘んじている。お父さんの地元もこの辺で、立木の話を聞いていると、出身中学が立木と同じだった。

駅までは十分の距離で、歩いていてもすぐに着いてしまう。改札の前まで来てくれて、私が改札内に入ると「じゃーなー」と手を振りながら颯爽と去って行った。

家までは乗り換えも含めて三十分くらいで着く。最寄り駅からも歩いて近いが、街灯が少なく人通りも少ないからという理由で母親かお父さんのどちらかが必ず迎えに来る。今日は母親の方が来ていて、駅から出るなり笑顔で手を振っている。うんざりした表情をしても効果はなく、にこにこと笑っている。

「ただいま」

「おかえり。今日の夕飯は鶏肉の照り焼きだからね」

明るい口調で言う母に、話しかけるなというオーラを出しながらテキトウに相槌を打った。それでも家に着くまでに母親は話を振ることが多く、そのどれにも気の入らない返事ばかりした。

「ただいま」

玄関にはお父さん愛用の靴もあり、今日は久々に三人で夕飯を食べられる。

最近はお父さんの帰りが遅く、会うことも減っていたから会って話すこと自体久しぶりだ。鞄を持ったままリビングに入り、お茶を注いでいるお父さんの姿を捉えた。

「ただいま」

声をかけると、お父さんは振り向いて目元を下げた。

「おかえり」

「ちょっと待ってて、今お皿に取るから」

母親がコンロの火をつけて、フライパンにある鶏肉を温め始めた。

母親が皿によそっているのをダイニングテーブルに運び、ご飯もよそって自分の前に置いた。お父さんも母親の不倫の事は知っているはずなのに、そんな素振りも見せずに相変わらず母親と仲よさげに話している。

「もうすぐ高校は学祭だろ？」

お父さんに聞かれ、照り焼きを口に頬張ったまま頷いた。

お父さんも同じ高校の卒業生だから、学校の年中行事には詳しい。会社の休みと学校の行事が重なればちょくちょく顔を見せている。去年の学祭にも姿を見かけた。

「演舞には参加するのか？」

「うん。みんなやるしね」

言うと、「あれは参加するべきだ」と遠い目をして言った。

母親も一年生の時に演舞だけ見に来たことがあり、それ以来、毎年演舞だけは見に来ている。学祭後の夕飯は、演舞の話をして家族で盛り上がるのが進学してからの恒例になっている。

夕飯を食べ終えるとすぐに流しに弁当箱も一緒に皿を持って行き、鞄を引っつかんで二階にある部屋に上がった。入ってすぐに窓の前にある机の上に鞄を放り投げ、茶系で統一したベッドの上に靴下のまま踏み上がった。ベッドの近くにある窓からは、不気味な雑木林が見える。昼間でも気味が悪いが、夜になるとそれが増している。雑木林を見ると、何かを忘れている気もするがそれが思い出せない。

むかつくな。

しばらく眉間にしわを寄せて眺めたあとに、紺のカーテンを閉めて風呂に向かった。

風呂から上がると、リビングでお父さんたちが仲良くテレビを見ている。

母親が車で送られているのを見てから、母親と一緒にいると動悸が速くなる気がする。

気にしないと分からないくらいだが、違和感を抱えるには十分なほどだ。

「あがった」

二人に声をかけると、同時に振り返った。

母親が先に入るのか立ち上がったのを横目でちらと見て、二階の部屋に急いだ。

髪を乾かさないままベッドにうつ伏せで倒れこみ、タオルを握り締めたまま眠り込んだ。


「夏休みも明け、学祭が目の前に迫ってきました。しかし、三年生は同時に受験への意識を今まで以上に……」

まあるい顔をした校長先生が、男性にしては高めのよく通る声で話している。

壇上を見上げる生徒は少なく、ほとんどの人が俯いているか、隣の生徒と話している。

校長先生の話は簡潔で声も聞き取りやすく、以前の人に比べれば格段に話を聞く気になれる。すでに次の先生に移っていて、もうすぐで始業式も終わる。終われば、学祭まで一週間を切る。

「授業も始まって忙しくなるけど、あと一週間踏ん張ろー！」

ホームルーム後に立木の元気の良い掛け声で残り少ない準備が始まった。

立木と分担して私は体育祭班の方に行くことになった。巨大マスコットの全体は完成していて、あとは細かい絵付けが所々残っているだけだ。演舞で使う衣装も各個人が作ってくるだけになっていて、やることは特になさそうだ。

近くにある木陰の下に座り、せっせと作業をするみんなを眺めた。

「サボり？」

艶のある長い黒髪をポニーテールにしているケイコが、流れる汗を肩にかけたタオルで拭きながら私の目の前までやってきた。

「観察。手伝うことなさそうだったから」

ケイコは腰に手を当て、作業をしているみんなの方を振り返った。

「そうだね。私も休憩」

ケイコは隣にどかりと座り、足を投げ出した。

ケイコも私も作業しているみんなの方を見たままだ。ケイコは手を後ろにやり、気の抜けた体勢になった。

「なんかあったら、言いな」

「……。何かって……？」

突然のケイコの言葉に軽く笑ってから、みんなの方を向いたまま目線をやることなくケイコに尋ねた。

ユリナもケイコも勘がいいな。

いつかのユリナと似たようなことを言う。ケイコに視線を投げると、取っつきにくそうな目でじっと私を見ている。

「気になることはいろいろあるけど。……最近は冴木さんと、今までと違うから」

一瞬だけ手に力が入ったが、口元を引き上げて鼻で笑った。

「変わらないよ」

小学校からの付き合いだが、ケイコに勘づかれるとは思わなかった。忙しくて話す機会は目に見えて減ったが、会えばいつも通り話していたつもりだった。ミチカも変わったところもなく、周りから見ても違和感を覚えないはず。ただ、変わったことがあるとすれば、私が自身のことを今までほどミチカに話さなくなったくらいだ。でも、そんなことをケイコが知っているはずがない。

ケイコは勢いよく体を前に持ってきて、反動のまま私の顔を覗き込んだ。

じっと見つめられ、ぎょっとして見つめ返した。ケイコは口端を妖艶に持ち上げて、唐突に私の頭を勢いよく撫でまわした。汗で髪が張りつき、乱れた髪がそのままになっている。

「ま、今は学祭だよ。受験も今は後回し！」

ケイコにしては上機嫌で、なかなか見ることのできない満面の笑みを向けてくれた。

乱れた髪をそのままに見惚れていると、ケイコは完成したらしい巨大マスコットに近づいた。髪を戻しながら、ケイコの隣に並んだ。

「佐藤、立木たちとバンド出るんだって」

「えっ？」

驚いて声を上げると、少し微笑んでいるケイコが続けた。

「意外だよね」

今も運動場でみんなと楽しそうに活動して汗を流している佐藤の姿を捉えた。夏休みの終わりかけから、なぜか積極的に参加を始めている。立木の話では、親には勉強をしているということにしているらしい。

最初からそうすればいいのに。

楽しげにしている佐藤を見て、大きく息を吐き出した。隣のケイコを見ると、嬉しそうなままだ。ケイコが言っていたバンドは立木たちが中心となっている。一年生の文化祭の時、立木と佐藤はステージ企画で歌っていた。ボーカルは立木で、佐藤はベースだった。

「楽しみ？」

一年生の時にケイコと一緒に回ってバンド演奏を聴いていた。一年生の中心人物が出るということで、結構な人が集まっていて、私たちは後ろの方から聴いていた。去年そのバンドが出ないとわかった時のケイコの落ち込みはちょっと深かった。

「別に」

冷静な表情になってケイコは返したが、視線は佐藤に向いたままだ。いつも冷静で、ツンとしているケイコだが、可愛らしいところもある。

「ユリナも一緒に聴きに行こっか」

私も立木の歌はもう一度聴いてみたい。

ケイコはニヤリと笑って、完成して歓声を上げているみんなのもとに歩いた。ユリナも団の人と手を高く上げて喜んでいる。近くまで行くと、気づいて手を取られて一緒に飛び跳ねた。

完成した巨大マスコットにシートをかぶせ、ジャージのまま全員で教室に戻った。教室は冷房が効いていて、入った瞬間に汗が引くほどだ。その中で制服を着て作業をしているクラスメイトたちがいる。細かい手元の作業で、男女関係なく縫物をしている。

「何やってるの？」

クラスメイトたちと仲良くなったと言いつつ、こういう時には一人で作業をしているミチカの隣にしゃがんだ。

ミチカは手を止め、縫っているものを持ったまま両手を机の上に置いた。

「テーブルクロスだよ。小さめなんだけど、机の上に載ってたらかわいいかなぁって。提案したら、みんなやってくれて」

嬉しそうな笑顔になって、前の席の椅子に載っている袋を取り上げた。

中から完成品の一つを取り出し、私の目の前に広げた。花の刺繍が施された正方形のものので、ミチカが提案しそうなものだ。ミチカの抱える袋の中を覗き込むと、色とりどりの布がわんさかとある。適当に一枚を引っ張り上げると、歪な形の犬のようなものが刺繍されている。

「それ、立木君が作ったものだよ」

「えっ！　立木⁉」

笑い声が漏れないように慌てて口を力強く手で押さえ、作った人物を教室内に探した。

立木はクラスメイトに笑われながら、口を尖らせて危なっかしい手つきで針と糸と格闘している。その脇には佐藤が立っていて、他の人から任された刺繍を難なくこなしている。そんな彼を恨めしそうに、立木が見上げている。

「日向もやってみる？」

ミチカは言いながら、朱色の小さめの布を私の目の前に差し出した。

ミチカの前の席に横向きに座り、ミチカが仮縫いをしてある糸をたどりながら慎重に刺繍糸を這わせていく。ユリナとケイコもそれぞれ誰かにつかまって、教室にいる人はほぼ全員が手元に熱い視線を送っている。ちらとミチカを窺うと、刺繍はせずに出来上がった布を簡単な小物入れに作り替えている。

「そんなことまでできるの？」

鞄の中から金具などを取り出して、器用に手早くつけるミチカに尊敬の想いをこめて見つめた。ミチカは照れたようにエヘヘと笑って頷いている。

クラスみんなでやったおかげか、残っていたものは一時間足らずで出来上がった。途中で見に来た江口先生も無理やり参加させられて、立木同様歪な猫の刺繍が完成していた。

下校時刻前に全員そろって校門を出て、久々に明るいうちに家路についた。

「あと少しで学祭だぁ！」

帰りにユリナが一歩前を歩きながら、空を見上げて叫んだ。

ケイコが私の隣で「うるさい」と言いながら、顔は緩んでいる。

「文化祭さー、ステージも見に行こうね」

私が何気なく提案して言うと、ケイコは我関せずといった雰囲気で携帯を見、ユリナは興味ありげにこちらを向いた。そのまま後ろ向きに歩いている。

「いいね。うちのクラスからも何人か出るんでしょ？　ヤッコたちも出るって言ってた」

クラスで軽音楽部に所属していた女の子たちのグループのリーダーがヤッコで、部活でも部長をしていた。ボーカルで、相当うまいと評判が高い。

「ステージは午後からだし、午前はいっぱい回って、いっぱい食べよう！」

私も声高らかに宣言し、ユリナとケイコの腕をとって浮足立った気持ちになった。

最後の学祭まであと少しだ。


残り一週間もあっという間に過ぎ、文化祭一日目がやってきた。

学祭委員のため、まだ教師しか来ていない朝早い学校に着いた。職員室のある下の階に本部を構え、校門のところに文化祭の立て看板を立てた。各棟の入り口には華やかな飾りを施し、昇降口には一番賑やかな構えを取り付けた。外部から来た人向けの案内図を廊下に設置していると、文化祭班の人たちが徐々に現れて各自クラスの飾りつけをし、看板を教室の前に出している。

私たちのクラスにも文化祭班の人たちが集まり、教室内の飾りつけに追われている。昨日の午後に机を移動させ、仕切りも立てているからやること自体は少ない。残りの作業が完成した頃合いで、全校生徒が体育館に集められた。

開会の言葉が生徒会長によって宣言されて学祭一日目が始まった。学祭は三日間行われて前半の二日は文化祭、残り一日は体育祭になっている。三日間とも学外からの見学者は許可されていて、毎年大勢の人たちが学校にやってくる。

「日向も来てね」

ユリナとケイコと一緒に教室から出ようとしたら、ミチカが駆け寄ってきた。

文化祭班が統一した黒ズボンに白シャツという格好で、いつも二つに結んでいる髪を今日はお団子にしている。

「お昼に来るよ」

ユリナたちと他クラスの店を見て回り、昼にはミチカに言った通りクラスに戻ってきた。クラスには結構な人たちが集まっていて、注文を待つ人でちょっとした列ができている。

「結構繁盛してるねぇ」

ユリナが廊下の端に並ぶ列の先頭を見るように一歩ずれた。

かろうじて見える教室の中では、せわしなくみんなが動いている。テーブルに座ってまったりと食べている人もいるが、そのままテイクアウトしている人もいる。テーブルの上に置いてある手作りの小さめのテーブルクロスは好評らしく、余分に作ったものや簡単ポーチにしたものはいろんな人の手に渡っている。

「焼きそば三つで」

先頭のユリナが指でも示しながら注文し、クラスメイトが手際よく準備を始めた。

「食べたら、体育館行く？　ヤッコたちのグループ、午後イチだったんだよねぇ」

ユリナは箸をおくと、持っていた学祭のパンフレットを出し、ステージ企画のページを開いた。午後のタイムテーブルを見ると、確かにヤッコたちのグループは午後イチになっている。

「ヤッコたちから、同学年が続くね」

ユリナの隣に座るケイコが正面から私の出したパンフレットを見た。

ケイコの言う通り、初めに演奏するヤッコたちからは三年生のグループがずっと続く。元軽音楽部の人たちと、立木たちのように個人同士で集まって結成した人たちと交互になっている。

「でも、クラスの人たちは立木たちで終わるね」

食べ終わったユリナは、パンフレットの午後の予定表を指差した。立木たちのグループの後にも何組かあるが、みんな違うクラスで、名前しか知らないような人たちばかりだ。

「よし！　ま、行くか」

私もケイコも食べ終わって、接客に動き回る友人に手を振って教室を出た。

体育館に行くと、昼に行われる教師による前座が行われていて、生徒たちの笑い声が外にまで響いている。午後の演奏が始まるまでまだ少しある。

真ん中の扉から入ると、後ろの方で座って休んでいる人もいるし、舞台の前でもうすぐ始まる演奏を待っている人たちもいる。私たちもその人だかりの後方に立って、ヤッコたちが出てくるのを待った。

先生たちが舞台袖に引っ込み、入れ替わりにヤッコたちが楽器を持って出てきた。サバサバした言動で、女子ファンも多いヤッコの登場で嬉しそうに声を上げる女子たちがいる。

簡単な挨拶や言葉を言うとすぐに演奏が始まり、体育館が楽器の音とヤッコの声でいっぱいになった。私たちに気づくと、演奏中に手を振ってくれた。三曲演奏すると、次のグループが入れ替わりで舞台に入ってきた。

「ヤッホー！」

ちょうど立木たちのグループと入れ替わりの時にヤッコが現れてユリナと肩を組んだ。近くには同じクラスのメンバーも来ていて、大人数で立木たちの演奏を聴くことになった。舞台のすぐ目の前では、クラスの男子たちが騒いでいる。

立木がマイクを握って集まっている人たちに少ないながら声をかけて、後ろのメンバーたちを振り返った。目配せを終えると、立木も持っているギターを弾き始めた。その横では佐藤もベースを、いつもより生気のある顔つきで弾いている。曲が最後になると、舞台前にいる男子たちも一緒にサビのところを大声で歌い始めた。立木も負けじと声を張り上げて歌っていた。

そのあともヤッコたちも一緒に最後までステージ企画の演奏を聴き、すべてのグループが終わってから教室に戻った。ステージ企画の終わる時間と文化祭一日目の終了時間は同時刻で、教室に戻ると文化祭班の午後担当の人たちがぐったりと椅子に座っている。その中にはミチカもいて、机に突っ伏している。

「あー、皆さん。お疲れのところ申し訳ないんですが、写真撮りませんかー？」

立木のちょっとかすれた声に反応して、死んだように座っていた文化祭班の人たちがむっくりと顔を上げた。それぞれに疲れの色が見えていたはずが、威勢のいい顔つきに戻り元気よく椅子から立ち上がった。

「よっし！　じゃ、学祭委員が真ん中なー」

体育祭班の団長である堅田が意味ありげに立木に視線を寄こして、自分は一番前にどっかりと胡坐をかいて座った。立木は悔しそうに堅田を見るが、堅田は鼻を鳴らしてどうだという顔をして立木を見上げている。

「真ん中とか最悪だ」

小さく呟くと、聞こえていたのかケイコとユリナに腕をつかまれて真ん中に移動させられた。両脇はにっこりと笑っている。

「私たちがそばにいてあげるから」

二人は声をそろえて私の横と後ろに立った。

ミチカも後からちょこちょこと歩いてきて、みんなから少し離れた所で私たちを見ている。不思議に見ていると、目が合い、彼女が挙動不審に視線をさまよわせた。

「ミチカ、おいでー」

私が手招きして前を空けると、ためらいながらも近くまでやってきた。

「冴木さんが入んないとシャッター押せないからー」

カメラを構えるクラスメイトがミチカに不満げに漏らし、位置についているみんなも「早くー」と口ぐちに声を出している。ミチカは茹でられたように真っ赤になって手を握り締めて、私の前まで来た。横から彼女の顔を覗くと、目を少し潤ませている。

「笑ってよ」

ミチカは鼻を啜って、顔を赤くさせたままはにかんだ。

カメラを三脚に置いてシャッターを押すと、写真係が急いで来て全員でフレームの中に収まった。

＊　＊　＊

机の上に置いた写真を頬杖をついたまま再び見た。

シャッター係に選ばれた人は、必死な形相で何とか写真に写っている。堅田は堂々と前に居座って、隣にいる人たちと肩を組んでいる。初めてミチカのお母さんからこの写真を渡された時に思ったように、この写真に写っている人はみんな楽しそうにしている。

他のクラスでは、まだミチカのことを気味悪そうにする人もいたが、クラスではそんな雰囲気はなくなっていた。狐面が何を思っていたのかは見当もつかないが、なぜ卒業式の前日にミチカを連れて行ったのだろう。約束をしていても、待ってくれてもよかったはずだ。

　雑木林の写真と一緒に持ってきたミチカからの手紙を開いた。

　ミチカを見つけられるわけがなく、いらだちが募って溜まる一方だ。思い切り背もたれに背をつけた。勢いをつけすぎて背中に痛みが走るが気にする余裕もなく、ほんのりとピンクに色づいている桜を睨んだ。

　気づくと隣の席に立木が座り、教壇に先生が立って、いつかのようにテンポ良い会話をしていた。先生の方を見ると目が合った。先生は私と目が合うと、何かを思い出したのか目を見開いた。

「そう言えば、昨日冴木の話、少ししたな。卒業式欠席だったけど、あいつ元気にしてるか？」

　先生から突然〝冴木〟の名前を聞いて、言葉が思いつかずに真っ白になった。

　隣からも気配が感じることができなくなるくらい、一瞬で静かになった。時間が止まったような静けさに、先生が眉をしかめた。

「なんだ？　俺、変なこと言ったか？」

「……あ、いや」

　うまく言葉が出ず、反応を返すだけで精一杯だ。口が半開きのまま、先生から目を外せずにただただじっと体が動かなかった。私たちの言葉を待っているのか、先生までもが動かず黙ってしまった。

隣から空気を吸い込む音がすると、立木が教室に声を響かせた。

「先生は、冴木のこと覚えてるんですか？」

「覚えてるもなにも、担任だしな」

変なこと聞くな、とでも言いたげに先生が声を張った。

立木が話したことで体の緊張が解け、深く息を吐き、ゆっくりと背中を倒した。立木を横目で見ると、意味がわからなそうに険しい顔をしていた。そのまま私の方に向き、小声で話しかけてきた。

「昨日、覚えてなかったって」

学校に来る途中に、先生もミチカのことを忘れていることを伝えていた。だから、立木も私と同じように変な顔になっている。意味がわからなすぎて、立木に何かを言う前に笑い声が思わず出た。立木はますます険しさを深くした。

「ごめん。……うん、昨日は」

上目遣いに教壇の先生を窺った。

私たちの会話は少なからず聞こえているはずだが、何も言わずにただ待ってくれていた。

私と立木は何も言えずに江口先生を見つめた。

「先生は、ミチカの何を覚えてる？」

先生は教壇に両手をついて、私たちに対して口を開いた。

「冴木な。最後の学祭のクロスはよかったな。あいつの手先の器用さが印象に残ったよ」

穏やかな笑みのままミチカの席に視線を流した。「真面目でいい生徒だったよ。三年間通して一人でいることが多かったけど、このクラスになってから冴木の居場所ができたと感じたよ。お前らのおかげでな」

江口先生が私たちをしっかりと捉えた。笑っているが、真剣な目つきをしていた。

忘れかけていたミチカの消えた時を思い出したおかげで、先生の中にミチカの存在が戻ってきた。頬杖をつくようにして、上がる口端を掌で隠した。

「あと、冴木と面談した時に、お前のことを昔から知ってるって言ってたぞ。三年の時に、お前と一緒になったから楽しいって」

先生は私に焦点を当てて、真っ直ぐ前から話した。

同じように隣からも真っ直ぐな視線が突き刺さった。顔を先生の方に向けたままゆっくりと立木を見ると、見たことないくらいに眉間にしわが刻まれていた。

先生に目線をずらしながら口を開いた。

「昔からって、どういうことですか？」

「……幼稚園が一緒とかじゃないか？　それくらいの時期に知り合ったって言ってたけど」

先生は思い出しながら、ぽつりぽつりと教えてくれた。

ミチカと私は幼少期に一度顔を合わせ、遊んでいたらしい。ミチカが高校で初めて顔を合わせた時に「変わってないね」と言っていた。昨日のお父さんの話の時期とも一致する。小学校前後に、前に住んでいた地域でミチカと会っていたのだ。

ふと封筒に入っていた写真を見た。

雑木林の中の開けた場所。趣のある平屋が一軒あり、ガラス障子の縁側が正面を向いている。縁側の目の前に大きな木が一本だけ。

「どこ?」

いつの間にか立木が同じように写真を見て、先生も私と立木の正面に立っていた。

「夢に出てきた場所。たしか、元の実家の近くで」

そこまで言って言葉を切った。

『待っているよ、日向』

透き通ったきれいな声。

空色の浴衣と、優しげに下がった目元。

美しい銀色の髪は、太陽の光に照らされてキラキラとしていて眩しかった。

夢にも出てきた男を思い出し、意図せず涙が溢れてきた。いきなり泣き出した私を見てぎょっとした男二人は、目の前でわたわたとしている。写真を手早く仕舞い、立ち上がって二人に向き直った。

「ここに行く」

教室の時計を確認した。

まだ、お父さんとの約束の時間まで余裕はある。先生に一礼をして教室を出た。

立木も黙って一緒に電車を一度乗り換え、海に向かって普通電車で十分弱。小さな小さな駅から歩いて五分ほど。

「ここ……？」

低い草が地面を覆っている原っぱの前に立ち、立木が呟いた。

住宅建設予定の看板が立ち、規制ロープが引かれた前に二人で並んだ。一本だけ地面が見えている細い道が奥の雑木林に繋がっている。

「行こう」

規制ロープを跨いで昔よく遊んだ原っぱに踏み込んだ。

立木は少しあとから入り、「大丈夫なのかよ」と不安そうな声を出しながらも私の後ろをしっかりと付いてきている。小道を辿って雑木林の前まで来て、先の見えない林を見つめた。林の中にも小道はまだ続いている。

「この奥？」

隣に立つ立木の問いかけに無言で頷いた。

「行くぞー」

深いため息のあとの気の抜けた能天気な声と共に、立木が雑木林へ入った。

その後ろ姿をしばらく見つめ、見えなくなる前に小走りで小道を進んだ。

そんなに歩かないうちに立木が目の前で立ち止まり、立木の背中を見ながら並び立った。

立木の視線を辿るように正面を見ると、ミチカが送って来た写真そのままの風景が広がっていた。

太陽の明かりが木の間を通って一筋大木に降り注いでいる。

「まんまだな」

背中で立木の声を聴きながら、平屋と大木の前にゆっくりと進み出た。

建っている平屋は写真よりもだいぶ朽ちていた。屋根は崩れかかり、ガラス障子は割れ、縁側を支えている下の短い柱が腐って折れている箇所もある。

「ボロイ……」

近づいて見るとよりわかった。

縁側に面して広がっている広間は畳がささくれ立ち、やっぱり腐って穴が開いている所もある。埃っぽく、時々当たる光に埃が反射している。縁側には触らないように屋内を覗くと、広間のちょうど真ん中辺りの天井に丸く穴があった。その真下の畳は丸くへこんでいる。

「猫、とか？」

不気味な屋敷に思わず疑問を口にした。

　昼間でよかったと思いながら、背後にある大木を振り返った。太陽の光で存在感がより強調されている。青い葉をつけ、近くに寄ってみると所々に白い梅の花をつけていた。太い幹に手を添え、梅の木を見上げた。

　夢の中ではここに一人でいて、銀髪の男が隣にいた。

　隣を見るが、誰もいなくて、私だけが梅の木の前に立っている。周囲を見回し、ようやく立木がいなくなったことに気づき、慌てて屋敷の周囲を回った。

　屋敷の裏に行くと、土手になった場所で立木が立ち尽くしていた。背中をこちらに向け、じっと頭を下げている。

「立木？」

　近寄って声をかけるが、返ってくる言葉はない。

　ようやく振り向くと、自分の目の前を指さした。

「これ、祠？」

　引きつった声と頬と、不安そうな瞳だった。

　立木の目の前には、枯葉や青い草に埋もれた小さな祠。屋敷と同様、祠を囲う木造も朽ち、左側の柱は折れてしまっている。

「祠、だね」

　立木の問いに小さく返し、崩れかかった祠の前にしゃがんだ。

　ためらいはなく、祠を邪魔している枯葉を後ろに除け、草をむしった。全体像が見えた祠は見た通り小さく、泥などの汚れがこびり付いてしまっていた。そんな祠の隣には遠慮がちに見知った狐の面が置いてあった。白さは欠片もなく、くすんだ色をしている。手を伸ばし、指先で面に触れた。かさかさとした触り心地で、少しだけ正面に向けた。文化祭の写真に写っていたものと同じものだ。

「こんな所にねぇ」

背後で立ったまま、見回したのがわかった。「土地神とか」

何気ない立木の呟きに、ぱっと彼を見上げた。

「……土地神とか」

立木は私と目を合わせ、もう一度言った。

「土地神……」

思いつきもしなかった言葉を繰り返した。

夏休みに入る前の大学講義で先生が雑談程度に話していたことを思い出した。約八万ある神社。どんなに小さな祠もその一つに数えられる。小さな神社・祠に関しては、地域の図書館の郷土資料に記載されている。歴史学部を選択し、勉強していてよかったと初めて思った。

車で十五分くらいの所に地域の中央図書館がある。そこの郷土資料を読めば、この祠の記録がある可能性が高い。

祠に目を落とし、明日図書館に行くことを決め、腕時計を見た。

「時間？」

目ざとく見つけた立木が声をかけてきた。

くるっと立ち上がり、「そう」とだけ返した。今から帰ると、お父さんとの約束にちょうど合う時間だ。

「んじゃ、帰るか～」

大きく伸びをして立木が来た道を向いた。


「ただいま」

ドアを開けると、待ち構えていたかのようにリビングの扉が同時に開いた。

爽やかな笑みで出迎えてくれたお父さんは、そわそわした雰囲気をまとってリビングまで私を通した。

「夜、名古屋で食事しようと思うんだ」

「だから、おしゃれ？」

頷くお父さんを見て、静かに部屋に入った。

コートを脱ぎながら、じっくりとお父さんの行動に考えを巡らせた。扉の向こう側にいるお父さんを見つめるようにじっと閉じた扉を見つめた。

何かある気がする。

名古屋に行くとしても、ただの食事ならおしゃれをしろなんてお父さんなら言わない。

怪しみながらも、化粧を直し、いつもよりもアイラインをきつく引いた。この前ナナに勧められて買ったばかりの紅いリップを唇に乗せ、財布の中身を確認した。ちゃんとお金が入っているのを数えてから、コートを持って部屋を出た。

リビングではすでにお父さんがコートを羽織って待っていた。

「行こう」

エスコートされて家を出た。

自宅の最寄りの駅まで歩いて行き、電車に三十分揺られて人の多い名古屋駅に向かった。名古屋駅に着いたのは夕方の六時を過ぎた頃で、名鉄ホームから名駅高島屋の十二階に上がった。ガラス張りのエレベーターからはビルや街頭の輝く名古屋駅周辺の風景が視界いっぱいに広がった。十二階には一瞬で着き、外に向けていた顔を中へ戻した。

人の波に乗ってエレベーターを降りた。行く店は決まっているのか、お父さんはすたすたと人の多い中を歩いた。お父さんの後ろを歩き着いたのは、レストラン街の真ん中に陣を構えるフランス料理店だった。

友人とは絶対に来ないであろうお高いレストランに、喉を鳴らして唾を呑み込んだ。

「日向」

お父さんに名前を呼ばれてお店に入ると、受付の人にコートを預け、席まで案内された。席に近づくと知っている顔が隣同士に並び、すでに座っていた。片方と目が合うと、気まずそうだが嬉しそうにはにかんでこちらに手を振った。

思わず足が止まり、視線を外して深く息を吐いた。肩から脱力したいのを堪え、私の一歩先で振り返ったお父さんを見やった。お父さんは肩を竦めて、曖昧な笑みを浮かべている。

こんなこともないと会わない母親と、この前会ったばかりのタカバさんがいる。

仕方なく予約席に目をやると、二人はちょうど立ち上がるところだった。

受付のお姉さんが進もうとしない私にも冷静な態度で、歩くのを待っていた。もう一度ため息をつき、一歩踏み出した。

「こういうことね」

お父さんを追い抜きざまに、低い声で小さく言い放った。

受付の人が引いてくれた椅子に座った。残りの三人も挨拶を交わしながら、席に落ち着き始めた。レストランの奥の席に通された私たちは、カーテンで遮られた通路側に私が座った。私の左側にお父さん、右斜め前にタカバさん、そして目の前に母親がいる。

「久しぶり。元気だった？」

何事もないように母親が笑顔で声をかけてきた。

テーブルナプキンを膝にかけながら、一瞥した。低い低い声で「まあ」とだけ答えた。なるべく誰とも何も話さないように、視線は通路側に向けて、身を小さくした。

この店を予約したのはお父さんで、こんな催しを企画したのはタカバさんだった。

お店の人が用意したスパークリングワインが四人の前に揃い、小さく音を鳴らした。

「お久しぶりです」

タカバさんがお父さんにグラスを傾けながら言い、お父さんもそれに応じた。

以前見た時はラフなセーターにジーンズ姿だったが、今日はきちっとジャケットを着こなし、髪型も整えている。お母さんも職場が近いということか、化粧は薄めだが不自然ではない程度に張り切っておしゃれをしていた。

スパークリングワインを一気に流し込み、水グラスの脇にグラスを置いた。

私の一挙手一投足に敏感に反応し、私が動くたびに不自然なほど場の空気が止まった。

料理が運ばれてきても、表情は変わらず、一言も発さずに食事を進めた。

味は一切せず、おいしいかどうかもわからずただ噛んで、飲み込んだ。

白ワイン、赤ワインと料理に合わせて、お店の人が優雅な仕草でグラスに注いだ。

気づくと最後のデザートまで来ていて、バニラのアイスが溶けかけていた。

「ごちそうさまでした」

水を一口だけ含み、そのままテーブルナプキンをテーブルの上に置いた。

財布から見合いそうな金額の札を取り出し、テーブルの下でお父さんを見ずに椅子とお尻の間に無理やり押し込んだ。お父さんが何かを言おうとし、お尻の下の札を手に握った。

それを横目に見ながら、店を出た。

高島屋からも出て、ミッドランドスクエアを眺められる広場に出た。秋口にはよさこいのお祭りステージにもなるウッドデッキがミッドランド側にあり、駅側には壁伝いに水がせせらいでいる。すでに暗くなり、ビルや街頭の明かりが眩しいが、それでもこの広場に繋がる大きな階段には所々に大学生らしき若者が座っている。

　学生たちが賑わいでいる間を下り、売店で買ったホットミルクティーを持ち、足を止めた。水の流れるモニュメントの垣に腰かけ、煌々としているミッドランドを見上げた。オフィスも多く、居酒屋も地下・地上とバランスよくあり、人の往来はやみそうにない。

「日向」

ミルクティーで体を温めながらいると、大階段の方から声をかけられた。

母親は小さな笑顔を浮かべ、隣には座らずに私の斜め前に立った。

「今日はありがとう。わざわざ、来てもらって」

他に思いつく言葉がないのか、気まずそうに視線を彷徨わせていた。

私は目を合わせる気もないため、手元にある温かいペットボトルを見つめた。小さな口からは細々と湯気が立ち上っていた。目線の端に映っていた母親の指先がわずかに動いた。

「今日は、本当にありがとう」

同じことを繰り返す母親にようやく視線をわずかに上げた。

暗がりでもわかるくらいに、母親は目に涙を溜めていた。口を引き締め、じっと私を見つめていた。何も言わず、見つめ返していると母親は小さく微笑んで視線を下げた。

「……ごめんね」

「……。今更」

母親の言葉に僅かに低い声で返した。

母親が下唇をかみ、右手を左手で包み込んだ。

「言いたいことは、それだけ？」

私の問いに、しばらくの間沈黙が漂った。

無表情で居続ける私に、母親が眉尻を下げた厳しい顔を向けた。

「……いえ」

「何？」

間髪入れずに聞くと母親が若干肩を揺らした。

「アキラ君とのこと。お父さんのことも、日向のことも大切よ。今でも変わらないけど、アキラ君のことも同じくらい大事なの」

必死に言葉を強く話す母親にようやく視線を上げた。

「私は、それと同じくらい、あの家が大切だったよ」

真っ直ぐ瞳を見つめ、低く、強く言葉を発した。

あの家が好きだったから、母親とタカバさんが一緒にいる所を見てショックだった。あの女にとって、どうでもいいものだったのかと感じた。

母親は泣くのかと思っていたが、強い視線のままだった。

母親は何も言わず何度か頷き、視線を下げた。強く握っていた手を離し、再び真っ直ぐ目が合った。

「日向は、日向の好きなようにしなさい。納得のできる生き方をすればいいから。何度だってやり直せるから」

母親はゆるりと口角を上げ、ゆっくりと踵を返した。駅に向かっていく背中を見送り、冷たくなったペットボトルを見つめた。

「日向」

母親と入れ違いで、ちょうどいいタイミングでお父さんが来た。

お父さんは母親とすれ違ったのか、何度か駅の方へ視線をやった。私はじっとお父さんの挙動を眺めた。

「なんで、お父さんはそんなにフツーなの？」

視線がようやく合ったお父さんに尋ねた。

今日もタカバさんとは普通に会話し、食事を楽しんでいた。

「それが、母さんだからだよ」

意味がわからず、少しだけ眉が動いた。

お父さんは無駄に母親のことを言うつもりはないのか、いろんなものを含んだ感情を目の奥に隠した。

「……じゃあ、お父さんはなんで結婚しないの？　お父さんだって自由でしょ？」

「それは、日向が一番だからだよ」

お父さんはきれいに笑んだ。「それは、母さんも変わらないよ。だから、日向と会えるこの時間が欲しかったんだ」

私を納得させるように、ゆっくりと力強くお父さんが言った。

熱くなった息を鼻から吐き出し、濡れた瞳を真っ直ぐ前に向けた。

学校の時間が楽しく、大事だったのと同じように、やっぱり家での時間も好きだった。

煌々としているミッドランドを見つめ、瞳を乾かしてからお父さんをもう一度見た。

「帰ろう」

肩を竦ませ、お父さんが私に向けて柔らかい微笑みを浮かべた。

The 5th Day

市立中央図書館。

レンガ造りの図書館へゆるい傾斜の階段が延び、その脇にはきれいに剪定されている木々。ちょっとレトロな見た目の図書館が、地元で一番大きな館だ。

今日は満足するまでここに籠もる、と決めて来た。

不要な柱は一切排除された開放的な館内。入ってすぐ左にある特別閲覧室に、この地域の歴史・地理の資料集がある。閲覧室には閲覧者は一人もおらず、大きな長机にありったけの本を載せた。この茜地区に関する記述のあるページを片っ端から見ていった。何ページもめくり、最後には周りを気にしない盛大なため息がこぼれた。

「ない……」

　私しかいない閲覧室を見回した。

　持ってきた本以外に郷土資料に関する本はない。机の上に残っていた本を抱え、元の棚に戻しに立った。郷土資料の棚の近くをしらみ潰しに見て回っていると、一冊だけ地鎮祭の資料があった。その場で立ったまま目次ページを開けた。一行ずつ丁寧に辿っていくと、茜地区を含めたここら一帯の記載ページがあった。

　ちょうど真ん中辺りに二ページだけあるそこには、茜地区のことが四行だけ書かれていた。一ページが二段に分けて書かれ、読むのも億劫になるほどの小さな記述が四行だけだ。

「……あった。これだ」

　その小さな文字の中に、ようやく見つけた雑木林に関する記述。

『稲荷を祀り、領地当主であった竹内家によって治められていた。夏には竹内家の子供が狐の面を被り、稲荷へ納める舞を披露する祭りが催されていた』

　空色の浴衣が頭の中で靡いた。

　狐の面をした顔がこちらを向き、覆われていない薄い唇が開いた。

『テンコというんだよ。天の狐と書いて、天狐』

　時折夢に出てきていた浴衣の人が、あの祠の主だ。

　図書館の人に見つからないように、書棚に返す時に消音にして写真を残した。

昼過ぎまでかかった作業の後、新しくなった乗り換えの駅に降りた。

駅を散策しつつ、連絡の取れたケイコを待った。

「お待たせ」

ケイコは大学の集中講義帰りなのか、大きめの鞄を肩にかけていた。

「大学？」

「ん？　……あー、まぁね」

歯切れの悪い回答。

少し首を傾げ、ケイコの顔を見上げ、見つめる。

ケイコが鞄を隣の席に置き、私の視線に一瞬だけ目を寄こした。

「大学以外で勉強してるの」一言。「大学の単位はあと少しだけで卒業に足りるから。これは、コーヒーの勉強」

そう言ってケイコが取り出したのは、コーヒーや紅茶に関する書籍だった。鞄の中も見ると、カフェ経営やそれに関する本の背表紙が見えた。

ケイコを見ると、小さく口端を上げた。

「カフェ、経営したくて」

「……言ってたね。高校の時に」

ケイコが席に座るのを見届けながら、呟いた。

「大学は、何やってるの？」

「大学では、マネジメントやってる。経営学んでないと、自営なんてできないしね」

ケイコは楽しそうに口元を引き上げた。

楽しそうなケイコを見ると、自然と私も口元がにやけた。

「いーなー、やりたいことあって」

思い切り背もたれにもたれて、目の前を眺めた。

窓越しに見えるのは、人が全くいない真新しい広場だ。空っ風が枯葉を動かし、寒そう。

ケイコが視線を寄こしたのがわかったが、そちらは見ずにカップに口をつけた。

「すぐ見つかるでしょ。東京なんて夢の塊でしょ」

「そうでもないよ？　目標持った人が周りにいすぎて頭痛くなる。ただ何となく進学しただけの私にとっては難しい場所だよ」

「じゃ、帰って来る？」

目を細めてケイコを見ると意地の悪い笑みをしていた。

「名古屋にだって就職先はいっぱいあるし。一人暮らしすればいいでしょ？」

昨日の母親の様子が思い浮かんだ。私は眉間にしわを寄せ、唇を尖らせた。

「うーん。まぁね」

歯切れ悪く言ったが、予想外の返答に驚くケイコがこちらに顔を向けて一切動かずにいた。

「昨日、お父さんと、母親とタカバさんと会食した」

「はっ⁉　何その空間」

ようやくケイコと目を合わせ、ただ淡々と口を開いた。

「母親が高校生の時に不倫してた」

唐突に打ち明けたことに、ケイコは私の目を凝視した。

目を合わせていられれず、彼女の手元辺りに視線を下げた。

「高校一年の時にタカバさんが母親を家に送ってるのを見て、それからずっと続いてたみたい」

「え、じゃあ、昨日はその元夫と不倫相手と食事したってこと⁉」

「そ。お父さんとタカバさんって仲いいんだよ」

「……そうなの？　てか、そんなことあるんだ」

ケイコは覇気のない声で呟いた。

「私の周りはやりたいことを自由にやってる人ばっかりだよ」

最後に鼻で笑って、正面に顔と視線を戻した。

「じゃあ、高校の時はそのことを江口先生と話してたの？」

「そ」

ケイコの問いに、一言だけでそっけなく答えた。

「あんたが悩んでたのはこのことだったわけね」

ケイコは納得気味に頷いた。

「コーヒー買ってくる」

ケイコの後ろ姿を見つめた。人の少ない時間帯だからか、五分もしないうちにケイコは私の隣に腰を落ち着けた。

「ねぇ、ケイコの家の前の肝試しの森、いつ工事始まるの？」

「ん？　あぁ、あそこね。確か、春休みが終わる頃」

ケイコからの突然の答えに、口を開け間抜けな顔でケイコの方を見た。

「じゃ、もう少しで始まるってこと？」

「うん。時々、業者の人が見に来てたし。今はそんなでもないけど。来週から出入りが始まるんじゃない？」

ケイコはカタンとカップを置いた。「ほら、あそこ、幽霊出るから」

幽霊じゃない。

土地神だ。

「行こう、あそこに。ついてきて！」

ぐっと残りを飲み干して勢いよく立ち上がった。

隣でケイコは「えっ？」と訳がわからず、熱いコーヒーを慌てて飲んでいる。

素早く携帯で立木の履歴を呼び出し、来るように伝え、ユリナにも連絡を入れた。

ユリナとケイコにも思い出してほしい。

「行くって、どうして？」

慌てて飲んだケイコはちょっと不機嫌そうにしている。

そんなことに答えることができないほど焦る気持ちが前に出て、椅子を引っくり返しそうになりながら鞄を担いだ。

ケイコは何も言わずに、後ろをついてくるのがわかった。


「これ、何？」

一軒家を目にして早々にケイコの口が動いた。

この前立木と来た時からは何も変わらずに、ボロいままだ。だけど、ケイコたちと一度昼間の肝試しをした小学生の頃に比べると、たった数年とは思えない朽ち方をしていた。

ケイコはずかずかとためらうことなく屋敷の前に立った。

唯一きれいにある白梅にもしばらくの間目を向けた。

「この木、あったね。そんな印象的でもなかったけど」

ケイコが白梅を見つめたまま言った。

私は「うん」と気もなく返事し、ケイコに近寄った。ケイコはそのまま屋敷を再び見つめた。瓦が辛うじて載っている、という屋根、ケイコは私の方を見ないまま声を出した。

「で。どうしてここに来たの？」

ケイコは屋敷に足を進めた。膝を曲げて縁側の隅を指先でつつくケイコは、指先に付いた木くずに眉をしかめ手を払った。ケイコは手元から滑らかに視線を私に移した。

「……冴木ミチカ」

一言だけ口にしたが、ケイコはピンとは来ていないようだった。「高校の時に同じクラスだった女の子」

「この前、ユリナが言ってた名前でしょ？」

私は言葉を発さずに頷いた。

ケイコは深く息をついて、思い出すかのように上を見上げた。

黙ってケイコが思い出すのを待った。彼女はしばらく表情をしかめながら上を見てから、私に目を据えた。

「思い出せない。同じクラスになったことある？　ほら、モモと同じ弓道部とか。図書館よく行ってたから、そこで知り合った子とか？」

「違う」

思わず低い声で即座に否定した。

「高校三年の時に同じクラスだった女の子。こう、耳の下辺りで二つに結んでて」

両手を耳の下に当てた。

ミチカのふわふわのあの髪は、いつも二つに結ばれ揺れていた。彼女の柔らかいふわりとした笑みによく似合っていた。

「んー。いたっけ？　そんな子」

「……いたよ」

小さく、ケイコには聞こえない声で呟いた。

ケイコに屋敷の裏に行くことだけを伝え、足早に昨日立木が見つけた祠に向かった。昨日と変わり映えしない祠の前にしゃがんだ。

「ねー、モモ？」

背中側からあいている距離を縮めるようにケイコの大きめの声が聞こえた。「ユリナたち、来たけど」

振り向くと、ケイコが顔は雑木林の小道の方に向け、目線だけをこちらに寄こしていた。

「よー」

雑木林の中に明るい声が響き、鳥が数羽飛び立った。

ケイコと並びそちらを見ると、明るく声を上げた立木と辺りをきょろきょろと見回す佐藤、その二人の後ろに隠れるようにして立つユリナがいた。

「ユリナー」

ケイコと呼びかけると、ユリナは周りを見ずに一目散に飛んできた。

「相変わらず、こういう所苦手？」

ユリナは言葉なく大きく頷いた。

「慣れることはない。ハロウィンで、大学の子とＵＳＪ行ったけど、ほっんとムリ」

ユリナはケイコの服の裾をつかみ、恐る恐る周囲を見回した。

「ま、もう、今更幽霊なんていないでしょ」

そう言ってケイコは一軒だけある家を再び振り返って見た。

「ずいぶんボロボロになってるね。ここ。数年前までもっときれいじゃなかった？」

「たぶん、そう」

曖昧な答えになりながら、家をじっくりと見上げた。

立木にさりげなく目をやると、ばっちりと目が合った。小さく肩を竦めた彼に近寄った。

佐藤は屋敷に興味を持ったのか、ケイコと彼女の背中にぴったりと張り付くユリナと一緒に見て回っている。

「立木の言った通り、あの祠はここの土地神だった。午前中、図書館行ったけど、記載あった」

携帯で写真を撮ったものを、立木に見せた。

立木は興味深そうに携帯を手に取り見入った。

茜地区は昔別荘地として開発された。徐々に一般家庭向けの家が建ち始め、その人たちが慰めとして小さな祠を建てたのがきっかけだった。その祠を管理する家が朽ち果てた目の前にある屋敷だ。

「……お稲荷さんの系統？」

立木の問いに言葉なく頷いた。

偶々建てた人がお稲荷さんを信仰していたため、この祠はお稲荷さんの祠になった、というのが、仮説だ。だとしたら、狐の面をお兄さんが持っていたことも頷ける。

「佐藤が、冴木さんのことを思い出してた」

立木が携帯を私に返しながら言った。

携帯を辛うじて手に取りながら、瞬きを繰り返して立木を見た。立木は合わせていた目を外した。彼の視線の先には屋敷の周りをぐるぐるしている三人がいた。

「……先生みたいな感じ？　佐藤、ミチカとは同じ中学校だったし。学校でのこと思い出して」

「かもな」

三人を見つめ、話しながらも、視界の端に必ず入って来る梅の大木に意識が持っていかれた。

自然と足が向かい、白い梅の花が所々咲いている大木にそっと指先を触れさせた。昨日と同じように、一瞬だけ周りが霞んだ。

周りを見回すが、変わった様子にはなっていない。

今度はしっかりと掌全体で梅の木を触った。滑らせるように、幹に手を這わせた。

『日向か。よい名だ』

澄んでいて、心地の良い声が近くで聞こえた。

顔を上げ、屋敷全体が見えるように動かした。

変わった様子はない。もう一度だけ大木を上まで見上げた。木の上にうっすらと金色の波が見え、すぐ隣に涼やかな風が流れた。

『では、約束だぞ。また、会いに来てくれるな』

面を外して目を細めて笑いかけた男の嬉しそうな声がした。

夢の中で聞いた声だ。

幼い頃にここで遊んでいて、親に内緒で一人で忍び込んだことがあった。屋敷の中に探検と称して入り、昼間にここによくいた。男とここで会ったのだ。会って、私が約束をした。

頭が冴えわたるような冷たい風が、枯葉を巻き起こした。立木が近寄ってきて、何か言っているのは聞こえるが、それよりも幼い頃のことが蘇ってきたことで頭がいっぱいになった。梅の木を見上げたまま自分の声かと疑いたくなるほどか細い声が出た。

「先に会ったのは、私か……」

隣を見ようとすると、すぐ脇を何かが駆けていった。

目を若干下にずらすと、見たことのある後ろ姿が屋敷に向かって走っていた。肩までの黒髪とTシャツにひざ丈のキュロット。

その後ろ姿を見て、お父さんが話していたミチカとの思い出が浮かんだ。

「私、もっと前からミチカと知り合いだった」

すぐ後ろに感じた立木の存在になんとなく声をかけた。

立木が怪しむように「何言ってんの？」と小さく呟いていた。

「あの時、私が約束破ったから。全部忘れちゃってた」

幼い頃の私が向かった先は屋敷の縁側だった。

そして、そこには懐かしいお兄さんがにこやかに座ってくれていた。

空色の浴衣に、薄い灰色の髪。そして、その脇には、昨日祠で見つけた狐のお面が丁寧に置かれていた。

The Old Day

小学校一年生の夏休みに初めて雑木林を抜けて、屋敷の前までたどり着いた。たどり着いた屋敷は広く、立派に見えた。大人がいないかと周りを頻繁に見回して、緩む頬をそのままに屋敷の中に上がりこんだ。ちゃんと靴は脱いで、縁側の上り口のところにそろえた。誰も住んでいないはずなのに畳は新品同様に輝いていて、ふすまも簡単に開けられた。縁側に面した二間続きの広い部屋はとても涼しく、そこで大の字になって寝そべった。

「きーもちー」

寝そべったまま言い、ごろごろと畳の上を転がった。

部屋の端までたどり着くと、屋根裏に上れる階段を発見し、胸を躍らせて飛ぶようにして起き上がった。軽やかに階段を上がって屋根裏に着いたが、埃まみれで下の部屋とは別の家のようにボロボロになっていた。そっと足を忍ばせて、僅かに差し込む光を頼りに足を進めた。真ん中くらいまで進み、楽しさでにんまりと笑みを作って鼻歌を歌いながら歩いていると、柔らかい所に踏み込んで、驚く間もなくさっきまで寝そべっていた広い部屋に落っこちた。

「いったーい」

落ちたまま体を丸めて、頭を両手で押さえた。

しばらく頭の痛みがなくなるまで目を閉じて悶えた。目を閉じていても明るかった部屋に暗がりができ、慌てて目を開けた。大人に見つかったらただじゃすまされない。ここに住むお化けに食べられちゃうという噂だ。

目を開けると、薄い灰色のきれいな髪をした若い男が心配そうに覗き込んでいた。

「キレー」

思わず呟いてしまい、男の人が表情を変えてからしまったと思った。飛び上がって、男の人にひれ伏すようにして頭を下げた。

「ごめんなさいっ！　お兄さん、誰にも言わないでください！」

勢いに任せて謝って頼んだ。恐る恐る顔をあげると、男の人は驚いたように目を開いて瞬かせた。すぐにきれいに微笑むと、薄い空色の浴衣を払ってその場に座った。私と目線を合わせて薄い唇を開いた。

「大丈夫だ。言わないよ」

「ホント⁉」

まだ何か言おうとしていた男の人を遮って、前のめりになったまま声を上げた。

「あぁ。安心しろ。私はここをちょっと借りている者でね」

男の人は暖かみのある目をして微笑みかけた。

「だからこの家きれいなんだね」

部屋の中を見回して、男の人をもう一度見た。嬉しそうに目を細め、すっくと立ち上がった。少し進んだ所で、まだ座っているこちらを振り返った。

「今日はもう帰った方がいい。送れないけど、ちゃんと帰るんだよ」

立ち上がってそろえてある靴に足を入れるのを確認すると、お兄さんは満足そうに縁側に腰掛けた。屋敷の前を立ち去る前に振り返ってみるとお兄さんは手を振っていた。


翌日もその次の日も、お昼ご飯を食べて屋敷に遊びに行った。

毎回お兄さんはすでにいて、縁側に座ってのんびりと空や庭にある梅の木を眺めていた。近寄ると「やぁ、今日も来てくれたね」といつも同じ言葉から会話が始まった。

「やあ、来てくれたね」

何日目かの今日も例外なくこの言葉から始まり、お兄さんの隣に腰を下ろした。

特に会話をすることはないが、一緒にゆっくりと過ごすことがこれ以上ないくらいに落ち着く。誰も知らない所でゆっくりできることにわくわくしてくる。

「そういえば、君の名前はなんというの？」

お兄さんが細められた目を私に向けた。

「日向」

足をぶらぶらさせて、にっかりと笑って見せた。

「日向か。よい名だ」

お兄さんに言われると、特別な気持ちになってにんまりとしてしまう。耳触りのよい声で、これから名前を呼ばれると思うと、ここに来るのが今まで以上に楽しみになってくる。

「お兄さんは？」

隣を見上げて聞くと、困ったように眉を八の字にさせていた。

悩ましげに声を漏らして、「どうしようか」と私と顔を合わせた。

「……今までどおりで構わないよ。日向の声は覚えたからね」

最後に得意そうに付け加えてお兄さんが言った。

名前を言わないことを不思議に思いながらも、お兄さんの言ったとおり呼び方は変えずにおいた。「お兄さん」と呼ぶだけでも嬉しそうに返事を返してくれ、何度呼んでも嫌そうな顔はしなかった。

雨が降ると行けないが、自分の部屋から雑木林を見られると知り、覗くようにして観察するようになった。

ちょうど屋敷の屋根が見えていて、時々金色の毛が見え隠れしている。雨が止んだ日に待ちきれないように屋敷に行った。あの金色のことを聞かなければならない。

行くと、梅の木の裾にしゃがみ込んでお兄さんが草取りをせっせとしている。

「おにーさん」

隣に立って声をかけるとびっくりした様子もなくいつもの落ち着いた笑みを向けられた。

「やあ。昨日は雨だったけど、元気だったかい？」

「うん。お父さんが本いっぱい借りてきてくれたから楽しかったよ」

お兄さんの隣にしゃがんで一緒に短い草を抜き始めた。

「ここ、部屋から見えるんだ」

自慢げに言ってみると、お兄さんが目を見開いて私の方を見ていた。「驚いた？　あそこだよ」

木の上に見える二階の窓を指差した。

お兄さんも同じように振り仰いだ。雨が止んで澄んだ青空の中に一つだけ白い壁が見えている。部屋からここが見えると気が付いたのは最近だ。

「それで、昨日、金色の毛が見えたんだけど、お兄さんの？」

絶対聞くと決めていたことを、じっとお兄さんの目を見つめて聞いた。

そらすことなく、お兄さんが答えるのを待った。

「見られていたのか。あれは、友達なんだ。大きな狐でね。日向が見たら驚いてしまうかもね」

愉快そうに肩を揺らして笑って、右手を浴衣の裾で拭うと私の頭に優しく触れた。

「今度会う機会があるから、その時にでも紹介しよう」

私は大きく頷いて紹介してもらうことになった。

お兄さんは一度だけくしゃりと私の頭を撫でて、にこにこと嬉しそうにした。

その金色の毛並を持つ狐を紹介される日はすぐに来た。いつもより遅く屋敷に行った時に、梅の木の前に金色の毛並が雑木林の木の間から見えた。夏の日差しに照らされてきらきらと輝いている。雑木林の中で立ち止まっていると、後ろで足音が聞こえて固まった。肩に手が置かれ、ぎゅっと目をつむった。

「日向。今日も来てくれてありがとう」

聞きなれた声に、すぐに笑顔で振り仰いだ。

「この前言っていた狐を紹介するよ」

薄灰色の髪に隠れかかった目を細めて木の間から見える大きな狐を見た。

お兄さんに手を引かれて梅の木の前まで行くと、そこに座っている大狐が空気を揺らしながらこちらを向いた。さらさらとした毛並で、触り心地がよさそうだ。

警戒することなく、大狐に近づいていき、一番気持ちのよさそうな尻尾を触った。

「モフモフ」

ぬいぐるみでも感じたことのない初めての感触に、気持ちよくて抱きついた。大狐は最初こそ嫌そうに尾を振っていたが、諦めたのか尻尾はされるがままになった。

「この前話していた日向だ」

お兄さんと大狐との会話を頭上に聞いていた。

「こいつが」

ひときわ低い声に見上げると、狐が目を細めて値踏みするようにして見ている気がした。大狐の尻尾をぎゅっと握りしめ、お兄さんに助けを求めるように見た。

「やめてやってくれ」

お兄さんの一言で大狐はフンっと鼻を高々と空に向けた。

「悪いね。でも、日向のことは気に入っているはずだから、気にすることはない」

お兄さんが大狐の首元を一撫でした。

私の所からでは大狐の顔を見ることができず、下から回って覗き込んだ。尻尾はしっかりと握りしめたままだ。後ろに立つお兄さんが私の肩に優しく手を置いた。じっと見つめていると、大狐は鼻を下げて私の顔の先に持ってきた。どうしていいかわからずにいると、大狐は開いていた目をゆっくりと閉じた。

お兄さんの手にこもる力が増し、振り向くと許すように頷いた。

尻尾を持つ手を上にあげて鼻をちょんと触った。大狐は気に入らなかったのか何回か鼻を振った。今度は思い切り触ると、大狐から鼻を擂り寄せてきた。嬉しくなってお兄さんを見ても、お兄さんも同じようににっこりと笑って同じように大狐の鼻元に手を添えた。

通い始めて二、三週間が過ぎた頃に行くと、同い年くらいの女の子が一人で屋敷の前にしゃがみ込んでいた。土をつついては驚いたように声を上げている。忍び足で近づき、上から覗き込むようにして女の子の手元を見た。女の子は短い木の棒を持って、一列に並んでせっせと暑い中行進している蟻の邪魔をしていた。

女の子は手を止めると、私を見上げた。丸いくりくりとした目で、色が白くてフランス人形のようだ。この前読んだばかりの童話に出てきそうな子だ。

「あ！　女の子！　名前なんて言うの？　あたし、ミチカ」

ミチカと名乗る女の子は満面の笑みで土で汚れた手を出した。その手を握り返し、握ったまま声を弾ませた。

「私は、日向。よろしくね、ミチカちゃん」

「やあ、今日も来てくれたね、日向」

ミチカちゃんとしゃがんで話していると、屋敷の中からお兄さんが現れた。

いつも通り薄い空色の浴衣で、初めて見るミチカちゃんに目配せをしてから私に向かって小首を傾げた。紹介すべく、ミチカちゃんの手を引っ張ってお兄さんの前に立った。お兄さんは縁側の上でしゃがんで、ひざの上に手を置いた。

「ミチカちゃん。さっき会ったの」

ミチカちゃんを前に出して言うと、お兄さんは優しい笑みを浮かべて手を差し出した。

「初めまして」

ミチカちゃんはためらいながらも、その手を握り返した。

その日はお兄さんの案内で屋敷の中を回り、初めて入る奥の部屋でお兄さんの友人という人にも会った。その人は蝋燭のように白い肌をしていて、髪まで白かった。そのおじいさんは濃い緑色の浴衣を着ていた。

「翁だ」

しわの多い手を差し出され、初めて見る形の手に、ミチカちゃんと二人で動かずにじっとその手を見つめた。見上げると、翁の白い口髭に隠れた口が上がるのがわかった。翁は差し出した手をそのまま私とミチカの肩に置いて、私の隣に立つお兄さんを見やった。

「日向と。……えっと」

ミチカの方を見て言いよどんでいるお兄さんの袖を引っ張って、耳元に口を寄せた。

「ミチカだよ」

お兄さんにしか聞こえない小声で囁いた。

お兄さんは「そうだった」と申し訳なさげに目尻を下げた。

「ミチカです」

お兄さんが姿勢を正して名前を口にした。

「日向とミチカか。覚えておこう」

翁はしわがれているが、滑舌よく聞きとりやすい声で名前を呼ばれた。

翁は髭を撫でて、私たちの顔を眺めた。

「それで、天弧」

翁は不意にお兄さんを見ると、聞きなれない言葉で話しかけた。お兄さんはためらいがちに私を見てから、翁に向き直った。少しの間二人で話しているのを横に、ミチカちゃんとおしゃべりをして過ごした。

「では、また来るな。日向、ミチカ」

縁側で涼んでいると声をかけられた。見上げると、翁が立っていて、穏やかな表情を向けている。そのまま庭に出て梅の木の前で立ち止まった。縁側に出てきたお兄さんを振り返ってみてから、ゆっくりとお辞儀をすると煙の中に消えるようにしていなくなった。

「うわー」

私もミチカちゃんも感嘆の声を上げた。

「あれって、魔法？」

すぐ隣に立つお兄さんに聞くと、「ああ」と言って微笑まれた。

「また今日みたいに翁が来ることがあるが、いいかい？」

「いいよ！」

ミチカも前のめりになりながら、知り合いが増えたことに両手を上げて喜んだ。

何日間かそれが続き、八月も半ばを過ぎた日に行くと、翁がいなくて、ミチカちゃんもまだ来ていなかった。お兄さんが現れる気配もなく、久々に一人で屋敷の周りを一周し、最後には梅の木の前にしゃがんで蟻の行列を観察していた。突っついたり、石を置いたりしていると、不意に影ができた。見上げると、真夏にもかかわらず汗もかかずに涼しそうなお兄さんが立っていた。

「やあ、遅れて悪かったね」

いつもとは違う言葉で始まった。

お兄さんは優しく微笑んで梅の木に手を触れた。途端に青葉が生い茂っていたはずの梅の木は白い花を満開に咲かせた。歓声を上げお兄さんを見上げると、白い手を差し出された。ためらわずに手を取ると、お兄さんが勢いよく引っ張り上げてくれた。

「日向。今度、ここでお祭りをしようと翁とも考えているんだ。来るかい？」

「お祭り⁉　行きたい！」

握っていた手に力をこめて、祭りに期待する目をお兄さんに向けた。

「なら、約束だ。必ず来てくれるね？」

お兄さんの問いかけに大きく頷いた。お兄さんは今までの中で一番嬉しそうに笑って手を握り返してくれた。

「じゃあ、ミチカちゃんも誘って二人で行くね」

「そうだな。ミチカもいるね。二人でおいで。日向たちが知っているお祭りよりもきっと面白いよ」

自信にあふれた声でお兄さんが言い、後ろに手をやって、紅い絵の具で柄が施されたキツネの面を出した。興味が溢れて面をじっと見つめた。

「当日私はこの面をしているんだ。気を付けて来るんだよ。この世のものでない輩がこぞって来るから」

「それってお化け？」

聞くと、悩ましげにしてから「どうだろうね」と曖昧に笑って誤魔化された。

「私もその中の一つなんだが、お化けではないんだ。表現するのが難しいね」

眉根を寄せて、説明しようとするお兄さんの手を引いて目を合わせた。

お兄さんはすぐに口元に笑みを浮かべて首を傾げた。

「絶対、行くね！」

笑顔で宣言するように声を張った。

The 5th Day Afternoon

縁側に座って梅の木を眺めた。

じっと見ていると、時折お兄さんが梅の木の前に現れる。

「〝さりともと　思ふ心に　はかられて　世にもけふまで　生ける命か〟」

高校三年生の時に出てきた短歌を諳んじた。

補習でやってから、忘れたことのない歌だ。

「それ、何？　そんなんやったっけ？」

首を傾げる立木に感情のこもらない目を向けた。

「やったよ。雨月物語の一つで、高三の朝の補習で」

お兄さんの幻影がちらつく梅の木を再び眺めた。「〝そうだとしても、必ず帰って来ると信じる心に騙されて、今日までを生きています〟ていう、死に逝く妻が未だ帰らぬ夫へ宛てた歌」

「……覚えてねー」

立木は一言だけ、唸りながら絞りだした。

お兄さんも来るか、来るかと、あの夏の夜、待っていたのだろうか。

幻影のお兄さんがふと、こちらを不安げに顔を向けた。

「なんか見えてんの？」

立木は背後の腐っていない床を見極め、慎重に手を置いて正面に向き直った。力の入らなくなった足をプラプラさせながら、私と同じように梅の木を眺めた。

「見えるよ。たぶん、あの頃ミチカが見ていたもの」

「いんの？　今」

こちらに目だけを向けていた立木をゆっくりと首を動かして見た。

目を合わせたまま、静かに首を動かした。

「いない」

昔遊んでいた大きな狐も、お兄さんも、今はここにいない。

「お兄さんたちがいたから、この屋敷もきれいだったんだよ」

「……なるほどねぇ」

立木は腕に体重をかけて首を反らし、ぐるっと効果音が付きそうな勢いで見回した。

顔を後ろにして見ていた立木が「おっ」と声を出し、慎重に手をつく場所を変えた。立木につられ、縁側を上がってすぐにある広間を振り返った。

「穴、あれ、桃山が落ちたって所？　猫じゃなかったな」

立木が愉快そうに笑っていた。

穴を指さした立木に、歯切れ悪く「まぁ」と頷いた。

くっきりと丸い穴があいている。

「モモー。立木――」

「んあ？」

「ねーねー、高校の時さぁ、幽霊見えるって言われてる子、いたよねぇ」

「さっき佐藤がその話を出して。誰だったっけ？　名前が出なくて」

ユリナがケイコの後ろから顔を出して話し、ケイコがあとを引き継ぎ話した。

ケイコとユリナの言葉に目を丸くさせ、その横で表情を変えずに佇む佐藤に目を一瞬向けた。

「……冴木、ミチカ、だけど」

たどたどしくミチカの名前を口にした。

隣の立木も息を呑むのが分かった。

「あー、それ。冴木さん！」

意外にも佐藤が一番に声を上げた。

ケイコとユリナは思い出しきれないのか、「うーん」と納得しづらそうにしていた。

「いたじゃん。卒業式の前日に神隠しにあった女の子」

佐藤が熱弁するわけでもなく、淡々と事実を語った。

「ん？　いた？」

「いたよーな……」

ケイコとユリナは顔を見合わせて首を傾げる。

「学校に行こう」

末だしっかりと思い出せそうにない二人に向かって言った。少しだけ靄の晴れてきた卒業式のことを思い出したら、全員がミチカを思い出す気がする。

立木をちらと見ると、すでに立ち上がっていた。すでに行く気満々になっているのか、佐藤と一緒に歩き始めた。

「うわー、高校とか卒業以来なんだけどぉ」

ユリナがヒヒッと笑った。

ケイコと三人で連れだって雑木林を出た。雑木林を出た瞬間、太陽が眩しく一瞬顔を背けた。細く開けた目で正面を見た。ケイコとユリナが並んで歩き、敷地の外には立木と佐藤が話しながら待っている。

ふわっと背中を押す風が雑木林の中から流れてきた。しっかりと開けていた目で振り返るが、雑木林へ続く道があるだけだ。

「日向ー」

「うん。行く」

雑木林の方へ顔を向けたまま、ユリナに返事をした。

＊　＊　＊

学校へ行き、江口先生に頼み込み、再び三年生の教室に立ち入った。

「変わってな〜い」

ユリナがヘラッと笑って、教室に最初に乗り込んだ。

ユリナに続いてケイコが入り、立木を窺いながら佐藤が入った。

「先、行くよ」

立木が廊下から動かずにいる私の肩を軽くたたき、教室に軽い足取りで入っていった。

「よっ！」

立木だ。

朝部もない三年の秋、朝の補習が始まった。

今日は珍しく立木が時間通りに着き、教室に入りざまに私の肩をたたいた。

「おはよ」

もうすでに声が届かない所にいる立木に向かって言った。

教室にはクラスの人も何人かおり、その人たちに笑顔で挨拶しつつ窓際の席に鞄を置いた。週四で朝の補習には参加しているが、そのどのクラスでもミチカの姿は見当たらない。

以前、雨の降る日にミチカから進学はしない、と告げられたのは、鮮明に覚えている。

卒業式の日にいないかもしれない、ということも。

古典の補習は、私の興味があり、補習を担当しているミズノ先生の講義は絵も交え、寸劇も交え楽しく受けられる。そのわかりやすさのおかげで、どの補習よりも受講生が多い。

普通の教室二つ分くらい広い社会科教室の席をすべて埋めていた。

「そこで、狐か狸か、または亡霊か。宮木さんの姿が出迎えるんです。そして、勝四郎をもてなす！　最後には、愛する妻が亡くなっていると知るんですが……」

先生が黒板にかわいい登場人物を描きながら物語の説明をしてくれている。

古典の教科書の最後に載っている、『雨月物語　浅茅が宿』だ。

戦乱を経て荒れている故郷の中、昔の姿のままの自分の家。そして、出迎えてくれる妻。

「嬉しいんですよ。死んだかもしれないと思っていた、最愛の人ですから！」

先生の説明にもひと際熱がこもり始めた。

『さりともと　思ふ心に　はかられて　世にもけふまで　生ける命か』

「そして、宮木の手記を見つけた際に書いてあった和歌です。これは……」

文法的なことを説明しつつ、その状況を大まかに説明する先生は教室を見回した。

「では、これ、訳すのが課題になっていたと思うので。……立木ー、おしゃべりもいい加減にねー。これ、どんな意味？」

小声でのおしゃべりに興じていたのか、立木は座ったまま黒板に頭を向けた。

「約束した季節に戻ってこなかったけど、必ず戻ると信じる心に騙され、今日までここで生きています」

「うん。そんな感じ。宮木がいつまでも待ち続けていたこと、勝四郎を想う気持ちとかを言えていれば、まずオッケー」

自分の訳した文に目を落とした。

訳した内容は、立木のものとも、先生の話しているものともそれほど変わらない。

課題を読みつつ、一番感動した。平家物語や源氏物語なんかよりもよっぽど好きだ。

「じゃ、今日の補習はここまで。次回の課題プリントも職員室の前に置いておくから、取り組んでおくように」

先生はそう言って社会科教室を出ていき、それとほぼ同時に朝部を終えるのを告げるチャイムが鳴った。

ミチカとクラスの距離が縮まった。

教室に入るとミチカは相変わらず一人だが、挨拶も交わし、避けている人はいなくなった。学祭以来、ミチカが一人で外の方向を見つめる時間は格段に減った。

「おはよー」

席に着くとすぐにユリナが近寄って来た。

「桃山サン」

ユリナが朝から近寄って来るなんて、宿題を見せてほしい時くらいだ。

今日は英語読解の宿題が出ていた。わら半紙にプリントされたものをユリナに無言で渡した。ユリナはゆるゆると笑顔になり、プリントをぎゅっと両手で握った。

「ありがとっ」

ユリナはそのまま二時間目の英語に備え、机にかじりついた。

学祭が終わってからの授業は専ら受験に臨む授業が多く、問題を解く時間が増えた。

時間が経たないうちに江口先生が教室に入って来た。手には多くの束を持ち、教卓の上にドンと置いた。

「お前らー、席着けよー。一時間目はロングホームルームで、面談する。この前話せなかった残りのメンバーな」

そう言って先生が最初に呼び上げたのは私の名前だった。

廊下に即席で作った面談席に先生と向かい合って座った。机の上に私の志望校表を置き、その下にたぶんクラス分のプリントと、机の隅に分厚い大学図鑑を置いた。

「お前、ここで決定でいいんだな」

先生が表の一番上を人差し指で、トントンとたたいた。

そこには東京の大学が書いてある。母親の望む県内の大学は一切書いていない。学祭準備の期間に立木と話し、決まった。先生の指先の学校名を見ながら無言で頷いた。

頭の上で先生が息を吐きつつ、納得したような声を上げた。

「親とも相談したうえでの決定なら、いいけどな」

頭のてっぺんに刺さる先生の視線を強く感じた。

その視線に目を合わせるように恐る恐る目だけを上げた。先生は目が合うと片眉をクイッとわずかに上げた。それに笑みを浮かべると、先生は盛大なため息をついた。

「大丈夫だって。ちゃんと見せてるし」

目を合わせ、笑顔のまま話し続けた。「それに、もうあの人たちの離婚は決まったから」

先生は「は……」と口を開けて目の前で固まった。その先生を置いたまま、笑顔を変えずに口を開いた。

「大学の費用出すのお父さんだから、お父さんが認めてくれたら問題ないよ。公立を入れてほしいって希望だったから、その大学入れたし。受かるかわかんないけど。奨学金あるし。ほら、先生その手もあるって前言ってたでしょ？」

先生の顔がだんだんと曇っていったのが見てわかった。

最近は先生とこの手の話をしなくなっていた。学祭やテストとかで時間がなかったが、ミチカといろいろ話していたのも理由に入っていた。

「家庭のことには俺は何も言えない。桃山……」

「大丈夫。見当ついてたことだから」

笑顔のままそっと返した。


中間テスト、冬休みも連日の如くあった模試、早めの学年末テストを終え、学校に来るのも今日を含めて二日だけになった。今まで私立組や推薦組など、すでに進学先が決まっている同級生は来ていなかったが、卒業式の予行演習がある今日は全員が久しぶりに集まった。

卒業式の前日、窓のすぐ下を見れば、桜の木がつぼみをつけ始めた。

私立の推薦組は全員が無事合格し、私も滑り止めの東京の私立大学に受かっていた。国公立大学を狙っている人たちの結果がまだ出ていなくて、後期日程もあるから、まだ教室内は焦りの色が消えていない。それでも、明日が卒業式の今日は勉強もほどほどに、休み時間にはおしゃべりをしている人たちが多かった。

二月二十九日。

ミチカの誕生日だ。朝来るとクラスの人たちにお祝いの言葉をかけられ、クッキーをもらっていたりして、楽しそうにいろんな人と話をしている。

「モモ、今日機嫌悪い？」

出席番号順の座席に戻り、斜め前に座るケイコが、頬杖をついて外を睨んでいる私に声をかけた。

私としてはいつもと変わりがないと思っているが、中に渦巻くもどかしさ、歯がゆさを感じている気持ちが出ているらしい。机の横にはユリナもしゃがんでいて、頬杖をついたまま私とケイコを見ている。

「目つき悪いよ」

ユリナに諌められるようにして言われた。

「モモも、お祝いすればいいじゃん」

ケイコにも呆れて言われ、曖昧に頷いてまた外を見た。

ミチカへの誕生日プレゼントもある。朝一で送ろうと昨日の夜にはメールも作って、準備万端でいつでも祝えるように整えてある。でも、一歩を踏み出せないでいるのは、学祭準備期間にミチカが言っていたことだ。

ミチカが今日いなくなるかもしれない。

自分の机で嬉しそうにしているミチカを横目で見つつ、誰にも気づかれないようにため息をついた。

午後に入ると、翌日に控える卒業式の段取りや集合時間などの細かい見直しや連絡が伝えなおされた。準備があるからと言って、三年生はさっさと家に帰され、後期試験がある人だけが図書館に残った。

久しぶりに授業後の教室に残った。机に顎を乗せて何をするわけでもなくボーッとしていると、前の席にミチカが座った。ミチカと正面から向き合うようにして体を起こした。

ミチカは横向きに座ったまままこちらを静かに微笑んで見ている。

「来るの？」

何も話さないのが苦痛で、落ち着かないながらも短く聞いた。

ミチカは目線を上げて首を傾けてちょっと悩むしぐさをして、ごまかすように笑った。

「来るんじゃないかな……」

ミチカもいつ来るのかは明確にはわかっていないらしく、不安げに辺りを見回した。へらっと笑ってまた私と顔を合わせた。私は笑うことなく、鞄の中から包装紙に包まれた誕生日プレゼントを取り出した。

「誕生日おめでとう」

ぶっきらぼうに言って渡すと、ミチカは嬉しそうに朱色の包みを受け取った。

プレゼントは、ミチカの好きな朱色で統一してある。中身はミチカの長い髪をまとめるためのシュシュや今までに撮りためた写真をアルバムにしたものだ。

「ありがとう。日向」

まだ心の底に納得できていないものが残っているが、落ち着いた笑みをミチカに向けた。

ミチカは大ぶりな花柄がプリントされている朱色のシュシュをさっそく使い、髪を横で一つにまとめた。まとめた髪を私に見せるようにして、顔いっぱいに笑みを浮かべた。

ミチカも何か持っているのか、ポケットからシンプルな包みを出した。

「日向に」

ミチカを窺いながら包みを開けると、シルバーのブレスレットが入っていた。ブレスレットはシンプルなもので、二重のチェーンに一か所だけ花を模《かたど》ったガラスの飾りがついている。

「この花は？」

「シオンだよ。日向の誕生花」

聞くとすぐに答えが返ってきて、感心したように頷いてみせた。

私がミチカとの会話の中で誕生日を言った覚えはないが、ユリナかケイコあたりに聞いたんだろう。誕生日はとうに過ぎているが改めて祝われると嬉しい。

ブレスレットはつけずに、丁寧に袋の中に戻した。今からミチカがいなくなるのかと思うと、ブレスレットを見るだけでも胃が痛くなってくる。ミチカは不思議そうにすることなく、私が鞄の中にしまうまで静かに見ていた。

「大学になったらつけるね」

そう言ってミチカを見ると、納得できるのか頷いている。

「日向はどうするの？」

プレゼントの交換会を終え、ミチカが唐突に話を切り出した。「立木君」

ミチカが見たことないような、たくらむ笑みを浮かべて顔を寄せてきた。寄せられた分、自分は身を引いて、間の距離が変わらないようにした。それでもミチカは机に両肘をついて距離を詰めてきた。

「日向」

「日向」

言葉が弾んで、ミチカ自身も今にも飛んではねそうな雰囲気だ。

「ミチカ、キャラが……」

「いいよ。最後かもしれないんだから。聞きたいことは全部聞く」

生き生きと目を輝かせている。

ミチカは自分がいなくなることを言うが、未だに信じ切れず自嘲気味に笑って、ミチカの目を真正面から見つめた。背もたれにもたれかかり、腕を組んだ。

「別に。どうもしないよ。普通に卒業する」

「卒業式だから、何かしてみたら？　後悔しないように」

ミチカから目を逸らして、組んでいる腕に力が入った。やることと言っても、思いつくことは限られている。それでも、それをすることも想像がつかない。

「当たって砕けろ！　だよ」

「砕けたくないよ……？」

腕を伸ばして元気よく言うミチカにびっくりしながらも冷静に返すと、突き上げた腕を口元に持っていき「そだね」と気まずそうにひきつった笑みを浮かべた。ミチカは考えるように目線を右上にやり、もう一度前かがみになった。

「じゃあ、お母さんとのことは？」

聞かれると思わずに気を抜いていたから、解きかけていた腕を再び固く結んだ。目は自然と足元に下がり、何も考えずにじっと足を見つめた。

「それこそ、わかんないよ」

空気を吸い込んで目線を上げ、諦めたように何の気持ちも入らない弱い声が出た。

しばらくの間ミチカは私をじっと見つめ、悩むように身を引いて考え始めた。ミチカはお母さんとは仲が良く、よく一緒に旅行に出かけたりすると言っていた。連休にはどこかに行き、休み明けの学校にはお土産のお菓子を持ってきてくれた。

「他の男の人と会っていたのか、軽く聞いてみたら？　難しいけど、明るくさ」

ミチカは本当に心配してくれているのか眉が寄って、口もへの字になっている。ミチカの見たことのない表情に少しだけ笑うと、ミチカは安心したように笑みを浮かべた。

「難しいね」

「今、日向が思っていることを言ってみればいいんだよ。家を出る前にでも」

心配そうに私の目を覗き込んできて、私はゆっくりと口端を持ち上げた。背伸びをするようにして思い切り腕を上に伸ばし、大きく息を吐いた。

「頑張ってみるよ」

目を細めて笑ってみせると、ミチカはまだ少し心配そうだが目元を下げた。何か思いついたようにミチカは「あっ」と声を発して、姿勢を改めた。

「私は今日が誕生日でしょ？　だから、今日で最後かもしれないから、約束して。立木君と明日ちゃんと話すことと、一人暮らしを始める前にお母さんと向き合うって」

口元には笑みが浮かんでいるが、真剣な目差しをして言った。

すぐには頷けずに、ミチカから逃げるようにしても、ミチカは目を一切そらさずに微動だにしない。ようやくミチカと目を合わせると、待っていたと言わんばかりに目に力をこめた。

「努力する」

ミチカが大きく頷くのを見て、続けざまに言った。「だから、ミチカも明日はいてよ」

最後は弱々しい声で、すがるようにして言葉をこぼした。

昔に約束をしていたならミチカがいなくなるのは甘んじて受け入れるが、卒業式の明日までぐらいは猶予がほしい。いきなりいなくなったら、クラスの人たちが式どころではなくなる。期待のこもる目を向けても、ミチカははぐらかすようにして静かな笑い声を漏らした。明確な答えを出さないまま立ち上がり、私の方に向き直った。

しばらく無言で見つめ合っていると、ミチカはなんの前触れもなく廊下を見やった。ミチカに倣って見るが、案の定何もない。

ミチカが虚空を見る時は、いつも唐突だ。

嫌な予感しかせずに彼女を見るが、声をかける間もなく、ミチカは柔らかい視線を私に向けただけで廊下に歩いて行った。すぐに廊下の方を見ると、強くもないが、体感できるくらいの風が廊下と教室に起こった。外では一切風はなく、今日は快晴だ。

廊下にいるミチカは驚いたように教室を出た所で立ち止まって、目の前を見上げている。

慌てて椅子から立ち上がり、もつれそうになる足を前に出した。

「ミチカ……」

蚊がなくような細い声をかけて机を避けながら進もうとしても、うまく前に進めずにいる。ミチカはこちらを向いただけで戻ってこようとはしない。ミチカは穏やかに、きれいに微笑んで口を開いた。

「待って。明日は、まだ」

遮るようにして言っても、ミチカは僅かに瞳を揺らしながら手を持ち上げた。

「明日はさぁ」

伸ばした自分の腕がもう少しで届きそうになった時に、ミチカの目の前には濃い朱色の着流しがうっすらと見えた。

「バイバイ」

ミチカの振られた手はあと少しのところで、朱色の着流しを着る誰かに取られた。霞む中でミチカが急に見えなくなり、大きな一歩で廊下に飛び出した。

「うおっ！　桃山⁉」

廊下に飛び出すと、クラスの前で立木の声が聞こえた。廊下を左右見渡しても、ミチカと朱色の着流しは見当たらない。いるのは立木だけだ。

「ねぇ。ミチカ見なかった？　あと、赤い着物着た人。誰か、廊下にいなかった？」

言葉が途切れ途切れになりながら言い、立木は首を傾げて、挙動不審になっている私のそばまでやってきた。せわしなく首を動かして、周りを見ても何も見当たらない。立木は私の肩をつかんで無理やり目を合わせ、「おい」と大きく声をかけた。

「誰もいなかったけど。廊下には誰もいなくて、桃山がいきなり出て来たんだよ」

廊下を必死に見るために乾き始めていた目がまたぼやけるように視界が狭まった。俯き、うわ言のように「でも、さっきまで」と同じ言葉ばかりを繰り返した。

「さっきまで、いたんだよ。ミチカは」

私の目の前で消えた。いきなり。彼女が言っていた通りに、今日いなくなった。

声には出せずに、心の中で同じ言葉が何回も繰り返された。立木が何か言っているが、聞こえてこずに、ミチカがいなくなる前の光景が頭に焼きついた。


よく寝られずに卒業式を迎え、教室で静かに座っていても、教室内と廊下が騒がしい。

「冴木さん、今日来ないの？」

というのがもっぱらの会話の内容で、他クラスでは神隠しだと言っている輩まで出てきた。間違ってはいないのかもしれないが、ミチカを嫌がる人たちに言われると腹立たしい。

「だから！　冴木は普通の奴だ！」

　廊下で騒いでいた他クラスの人が立木に話しかけたのか、苛立ちを隠さない立木の声が響いた。聞いた方も驚いたのか、ちょっと間を空けてから笑い飛ばすようにした。

「でも、中学から噂あるじゃんか。冴木ミチカが関わると、悪いことが必ず起こるって。あいつがそば通るだけでケガするとか。それも全部冴木さんが悪霊呼んでるからだろ？」

「そんな奴じゃないし、見えてたって証拠あんのかよ？」

「何、そんなに怒ってんの？　怒ることじゃなくね？」

　立木の低い声に逆なでされたのか、今まで笑い飛ばしていた人も威圧感のこもった声を出した。

　ユリナが私のそばにやってきて、私の手をぎゅっと握りしめた。見上げると、もうミチカの噂は信じていないのか力強く頷いた。

　物珍しそうに廊下での立木たちを見に来ている人たちを、クラスメイトたちも雰囲気で威圧している。廊下ではまだ低くて聞き取りづらい立木の声が聞こえ、それを諌める佐藤の声も聞こえてくる。

　卒業式の準備をするように言う放送も耳に入らないのか、誰もその場を動こうとしない。ユリナの手を離し、私が立ち上がるとクラスの人たちは肩を震わせてこちらを見た。廊下まで行くと、声を張らない凄みのある言い合いがよく聞こえる。

「立木までおかしくなったんじゃないの？　一年一緒のクラスになっただけで、そんな肩持つほどいい奴だったのかよ？　ただの変な奴だろ、あいつは」

「邪魔」

立木たちにも負けないほどの声を出し、目の前に立つ男を睨み上げた。「そこ、私のロッカーあるんだけど」

ロッカーを顎で指し、男子生徒がどいてから体育館シューズを取り出した。

「さっきから、耳障り」

他クラスの男子をけん制するように睨み上げた。

体育館シューズの入る袋を握りしめて、何も言わずに立っている立木のほうを見た。立木が息を呑むのが分かり、背後では名前も知らない男子が不満そうに悪態をついている。何も言わずに見てから、教室の中に戻った。教室内も静かなままで、廊下と私をそれぞれ見ている。

私が教室に入るのと入れ替わりに先生たちがやってきた。

「お前らさっさと準備しろよー。もうすぐで移動だ」

江口先生が廊下にいる立木と男子生徒を促して、全員がシューズを持って教室の中に入った。

クラス内の雰囲気はいつもより暗く、江口先生は気にする素振りも見せずに出欠確認を取り始めた。順番に名前を呼んでいき、ミチカの名前を呼ばずに全員分の確認を終えた。

「先生」

先生の目の前に座るヤッコが手を挙げた。「冴木さんは？」

先生は名簿を閉じて目線を少しだけ上げて、クラス中を見渡した。

「冴木に関しては、今日は欠席連絡が入っている」

先生は息をついて、名簿を脇に持ってしっかりと顔を上げた。何か言おうとした立木の言葉を遮るようにして、張りのある声を出した。

「さっさと体育館に移動しろよ」

全員が何も言わずに、納得しがたい表情をしたまま体育館で卒業式が行われた。

式が終わってから部活ごとに集まって写真を撮ったりしているが、少し離れた所でその様子を見ていた。片手には卒業証書の入った筒を持ち、何をするわけでもなく立っている。

ユリナとケイコの二人が一緒にいるのを見つけ、足元に置いてあった薄い鞄を肩にかけた。

＊　＊　＊

「懐かしー。最後らへんは冴木さんも仲良くなってよかったよねぇ」

「一番に冴木さんを特別視してたのはユリナでしょ」

「まぁ、中学からそういった変な噂あったしな」

私と立木以外の三人が好き勝手にミチカのことを口にした。

それぞれが出席番号順の席に座っていた。窓際後ろから二番目の席に座っていた私は、教室の真ん中に席を据えていたミチカの姿を思い浮かべた。三年次当初このクラスはミチカのことをよく思っていない人ばかりだった。最初の頃はミチカを中心に円が生まれ、あからさまに避けていた。

「桃山」

前に立木の服が視界いっぱいに広がった。

今までに聞いたことのない優しい声色で名前を呼ばれ、ふと上を見ると彼が困ったように眉を下げていた。卒業式の前日の記憶は、彼が正しかった。私の中で勝手に改ざんしていたのだ。

鼻筋を辿っていた涙をさりげなく一度だけ拭った。拭って、ミチカがしていたように外を眺めた。目に溜まったものを堪えるように眉と目頭に力をこめた。立木の背後では、まだ三人が思い出話に花を咲かせている。

「手先器用だったよねぇ」

「あの文化祭の時に作ったコースター今でも使ってる」

「あれ！　冴木さんの案だったよねぇ。かわいかった」

「立木と江口先生の手先の無器用さは笑った」

「あんた、意外とうまかったよね！」

ケイコの弾んだ声を久々に聞いた。

佐藤がクックッと笑いをこらえていた。

ユリナは何にでも声を上げ、はしゃいでいる。

その三人を見つめてから、もう一度ミチカの席に視線を向けた。

「おかえり、ミチカ」

The 6th Day

朝起きると、お父さんはすでに会社へ出勤していた。

名古屋に帰ってきてから初めて朝を一人で過ごす。

短い髪の癖もそのまま、寝間着のままでテレビも点けずにお父さん手作りの朝食の前に座った。しばらくボケッとして、朝食の隣にあるお父さんのちょっと汚い字を読んだ。

『おはよう。朝一でアポが入ったから今日は早く出る。朝はしっかり食べて』

高校の時に一度だけケイコにお父さんを「親ばかだ」と言われたことがあった。その時は必死に否定したが、東京に出てからはその言葉を素直に受け入れた。周りが感じている以上に親ばかなのかもしれない。

冷め始めていた手作りの朝食を食べ終え、適当に持ってきた服に着替えた。

今日することは決めている。

家をきれいにしてから、鞄を肩にかけ、昇り切った太陽の中コートを羽織って外に出た。電車に揺られ降りたのは、茜地区。動悸がしそうな心を落ち着け、駅から一歩踏み出した。

目の前にそびえるのは出て行って久しい昔の家。

風雨に晒された白い壁が二階建ての家の外観だ。庭は小さく、玄関の前に車二台分の駐車場がある。そこには白い軽自動車が一台だけ停まっていた。一階の庭に繋がるガラス扉は開き、家の中でタカバさんがシンプルな机に向かっていた。時々頭を抱えつつ、パソコンに何かを打ち込んでいた。

インターホンも押さずに遠目で見ていたら、ふと庭に目を向けたタカバさんが私を見つけた。タカバさんはぱっと笑顔になり左手を上げた。ガラス扉のすぐ脇に置かれていたサンダルに足を入れ、庭を横切って目の前にやって来た。

「こんにちは」

「……こんにちは」

表情を変えずにじっと見ていると、タカバさんが小さく首を傾げた。

視線を部屋の方に向け、タカバさんも同じように首をひねった。

「仕事、ですか？」

「うん。そう。久々にドイツ語の翻訳をね」

タカバさんが柔らかい笑みを浮かべた。

「どうする？　ちょうどサナエさんいないけど。紅茶もこの前良いのを見つけたんだ」

母親と会うのが気まずいとわかっているのか、眉が下がっていた。

タカバさんの中では、私が寄って行くのが決まっているのか楽しげな背中をさせて家に戻って行った。

車の隣を通って、玄関からそっと懐かしい家を覗いた。相変わらず下駄箱の上には一輪挿しの花が置いてある。フローラルな香りが漂う玄関に入り、隅っこに靴を揃えて置いた。

玄関から左側に進むと、すぐにタカバさんがいるリビングに繋がる。

柱や壁がなく、キッチンからリビング、庭にかけて広々と広がっている。

「座っていて。すぐに淹れるから」

タカバさんは東京のカフェでも使われそうなセンスの良い白のティーポットをソーサーに置いたカップと共に準備をしていた。

広いリビングの奥がタカバさんの仕事場のようになっていた。本棚が壁伝いに置かれ、日本語・外国語の本がずらっと並んでいるのが見て取れた。庭のガラスドアのすぐ脇にウッドテーブルが揃いの椅子と共にあった。

リビングの玄関側の壁にテレビが置かれ、その前に薄いブラウンの木製のローテーブル、ダークブラウンのふっかふかの二人掛けのソファがテレビに対して置かれていた。

キッチンのカウンターの横には小さめの背の高いテーブルと、椅子があった。

「ソファに座りな」

タカバさんが部屋を見て立ち尽くしていた私に声をかけた。

振り返って見るとにこりと笑いかけられた。断ることもなく、見知らないソファの隅に座った。タカバさんは慣れた手つきで私の前にティーポット、ティーカップ、おしゃれな砂糖入れを置き、手作りらしいドライフルーツの入った焼き菓子を置いた。タカバさんは仕事で使っていた椅子を引っ張ってきて、庭側に落ち着いた。

「これ、なんと知多半島のお店で見つけたんだ」

楽しそうに話しながら、テーブルの脇に膝立ちして紅茶をカップに丁寧に注いだ。

角砂糖を数個入れ、私の前にずらした。

「あ、砂糖いらなかった？」

動かない私に慌てた様子で、タカバさんが聞いてきた。

「いえ」

短く答えてカップに口をつけた。

タカバさんは再び椅子に腰を落ち着け、静かに紅茶を飲み進めた。

「いつ、決めたんですか？　翻訳家になるって」

「………………」

予想外だったのか、タカバさんは少しの間キョトンとしていた。「んー。大学卒業した後かな～。一回全く違う営業の仕事に就いたんだよ」

懐かしそうに思い出しているのか、何もない所を穏やかに見つめていた。

「もともと語学や文学が好きだったから。幸運にも好きなものを仕事にできたんだ」

「そう、ですか」

楽しそうに笑うタカバさんはまぶしく見え、目を細めた。息を閉じ込め、意志を決めてタカバさんを真正面から捉えた。

「タカバさん、前に使っていた部屋に入ってもいいですか？」

「……うん。いいよ」

すべて飲み干してからカップを置いて、立ち上がった。玄関の目の前に二階へ上がる階段がある。階段を上がり、一番奥が私が高校まで使っていた部屋だ。何の飾りもない扉は高校の時そのままで、部屋の中もそのままだった。掃除はされているのか、埃が溜まっていることはなかった。

窓は二つあり、西側にある窓に近づいた。窓からは雑木林がちょうど真下に見える。木のない所が一か所だけあり、そこからは黒色の瓦が少しと梅の大木のてっぺんが見えている。すぐ隣にある机の引き出しを開けた。奥の方が見えるようにしゃがみ、探ると目当ての物を引っ張り出した。

薄い朱色の包みの上にはミチカからのお礼のメッセージカードがマスキングテープで留められている。卒業式前日に貰った包みを開いたのは貰った直後の時のみで、二年間机の奥深くにしまい込んでいた。

メッセージカードを外し、ようやく包みを丁寧に開けた。中には私の誕生花、シオンの花を模ったチャームのあるブレスレットだ。

時計を外しポケットに突っ込んだ。時計の代わりにシルバーのブレスレットを着けた。ブレスレットを右手の指で触り続けながら、雑木林を眺めた。

「日向」

入口から耳障りな声で名前を呼ばれた。

しょうがなく雑木林から目を外した。ブレスレットに触れたまま、ゆっくりと振り返った。振り返った先には母親がじっと立っていた。

名古屋の百貨店の企画課に入っているこの人は、休みも少ない。休みもなく、今日だって偶々この昼に帰って来れたのだろう。母親は部屋には入ってこず、何も発さずに扉に立ち尽くしていた。

「ここから見える、雑木林。昔、私、行ってたんだよね」

雑木林を見るために首を動かした。

後ろでは母親が頷く声がした。感情をこめない目で母親を見据えた。

「夏休みに遊びに行っているのは知っていた。あなたが小学校一年生の時に、夜に行くと言い出して止めたの。そしたら、それからは全部忘れてしまったみたいに、一切何も話さなくなった」

「そう。全部忘れてたんだよ。あの日、約束破ったから、友達のことも全部忘れた。高校でも、いなくならなくてよかった子がいなくなった」

　感情的になった声は自分でも恐ろしいと思うほど地を這うような低い声が出た。

　母親は私の言葉が理解できずに、不思議そうな神妙な面持ちになっている。

「……ミチカちゃんのこと？」

　母親から出た名前に瞬時に冷静になった。

　何も言わずに、前にいる母親を強い力で睨んだ。

「日向が話していたから覚えたの。高校の時にも同じ名前の子がいたでしょ？」

　私が言葉を失って呆然としていると、母親は恐る恐る続けた。

「日向は忘れてるかもしれないけど、日向もいなくなったことがあったの。小学校一年生の夏よ。一日だけ帰ってこなくなったの」

「それは……」

「理由はわからないけれど、あの雑木林に遊びに行った日に。それが昼間だったの。夜中まで帰ってこなくて」

　ブレスレットに触れる指の力が段々と強くなった。

「どうやって戻って来たの？」

「わからない。夜中にインターホンが鳴って。そうしたら、日向が一人で玄関先に座って寝ていたの。警察の人にも協力してもらったけど、わからず終いで。次の日に夜に行くって言い出すから、慌てて止めたの」

「神隠し……」

母親にしっかりと聞こえたのか、頷きづらそうにした。

「そう言う大人もいたの。あの雑木林には昔に祀られた土地神の祠があるみたいだから」

母親は探るように私から目を離さずに話していた。時折私を通り越して雑木林に目を配った。

帰って来た時にいたケイコの言っていた私の神隠しも本当に起こったことで、おそらくそれはお兄さんの仕業だ。ミチカを連れ去ったように、小学生の私もお兄さんに連れていかれた。ただ、私はその後すぐにこっちに戻された。

何が違ったのか。

「日向」

思考を遮るように母親の声がした。「戻ってきてくれて良かった」

安堵を前面に出した笑みを向けられた。

何も言えずに母親から目を逸らし、雑木林だけを見つめた。

＊　＊　＊

お兄さんとの約束の日に雑木林に行くと、静けさは全くなかった。

「やあ、来てくれたんだね」

雑木林を少し歩くと、すぐにお兄さんが出迎えてくれた。

パタパタと駆け寄ると、お兄さんが狐のお面を私の顔に当てがった。全く遮られない視界の中で、お兄さんはにっこりと微笑んでしゃがんだ。

「前言っていたみたいに、これ、つけておこう。後ろ結ぶからちょっとお面持ってて」

お兄さんは後ろに回って、落ちない程度にゆるく結んだ。

「似合う？」

その場でくるりと振り返った。お兄さんは少し驚いた表情をしてからいつも通りに笑った。

「あぁ。似合っているよ」

お兄さんの後ろについて歩き、屋敷の前まで歩いた。

いつもは薄暗かったりもする雑木林の小道が今日は明るい。道脇には灯篭が灯り、屋敷に近づくにつれ、花火大会の時のような出店が連なって来た。

「日向」

お店の前を通るたびに歩くのが遅くなる私にお兄さんが少し厳しい声を出した。

お兄さんを見ると、腕を組んで数歩先で待っていた。出店をもう一度見上げると、お店の人は本に出てくる鬼のように頭のてっぺんに小さな角が二つあった。

「悪いね。人の食べれるものはある？」

お兄さんがいつの間にか隣に立ち、鬼に話しかけた。

鬼が少しだけ時間をかけ、千代紙模様のお皿に入れられたたこ焼きを身を乗り出してくれた。間近で見る鬼は八重歯が大きく、目つきも鋭いが、想像より怖くない。腕を伸ばして受け取ると、嬉しそうに尖った歯を出してニカッと笑った。

「基本的には人間の食べれるものは売っていないんだ」

「鬼の人用？」

さっきの鬼を振り返って見ると、新たに来た鬼にたこ焼きを手渡していた。

お兄さんは考えていたのか見上げた時に目が合うと、急いで笑顔を作った。

「……そうだよ。だから、何か欲しかったら僕にまず話して」

「わかった」

たこ焼きを頬張りつつ屋敷の前にたどり着くと、鬼やら何やらがいっぱいいた。

その隅に大狐が横になり、腹の辺りに面をしたミチカちゃんが座っていた。大狐の横には面を外した翁が構えていた。

「久しいな、日向よ」

翁は面よりもしわの少ない顔をこちらに向けた。

顎にある髭や細い目はそのままだ。ミチカちゃんがタタッとかけてくると、翁の面をしていた。表情は見えないが、笑っているのが伝わってきた。

「ミチカちゃんっ！」

「日向ちゃんっ！」

二人で手を取り合って跳ねる周りでお兄さんと翁がゆったりと会話をしていた。

屋敷の周りはお面をした人も多くいて、入れ代わり立ち代わりお兄さんに挨拶にやってきた。

「毎年、どこかの土地神が祭りを催すんだ。今年はあやつが主催だから、他の奴らが挨拶に来るんだよ」

翁は不思議そうに見ていた私にこそりと教えてくれた。

お面を被っている時よりも親しみが持てる顔に「へー」と大きく相槌を打った。お兄さんの元に挨拶に来た人たちはそのたびにお面を外し、深々とお辞儀をしている。

「土地神って？」

ミチカちゃんが反対側から翁に聞いた。

「簡単に言うと、土地を守る神様だ」

翁は腕を組んだまま、ミチカの方を見下げた。

「……神様」

ぽつりと呟いたが、翁には届かなかったのかミチカとそのまま話し続けた。

お兄さんの方を見ると、一旦区切りがついたのか少しだけ目が合った。そのままこちらへ来た。

「この辺りを見て回ろうか？」

お兄さんが手を差し出した。

後ろに組んでいた手を外し、お兄さんの手を握った。

お兄さんについて屋敷の周りを見て回っていると、いろんな所から声がかかった。ゲームに成功できると、屋台の鬼や人でないものから景品をもらえた。お兄さんの手を離し楽しんでいると、だんだんと周りの明かりが強くなってきた。屋台やその場にいる人たちはそのままで、振り返ると屋敷や梅の木だけがなくなっていた。周りの雑木林もなくなり、いつの間にか別の町の中にいるようになった。

「おにーさん……。ミチカちゃん？」

周りを見渡しても知ってる人たちは一人もいない。

「おじょーちゃん、どうしたの？」

見知らぬ人に話しかけられ、一瞬だけびくりと体がはねた。

声のする方を見上げると、白い装束を身にまとった大男がいた。目を見開き、眉間にしわを寄せた黒い面をした男の周りには、続々とお面の人や鬼が集まって来た。その人たちに囲まれ、動けずにその場に立ち尽くした。

「その者に手を出すな。私のだぞ」

凛とした空気が張り詰め、聞きなれた声を辿るとお兄さんがいた。お面を外した顔は、不愉快そうに歪み、いつもよりも冷たい雰囲気をまとっていた。

お兄さんの声に周りに集まっていた人たちが途端に散った。屋台も何もなくなり、真っ白い中にお兄さんが一人だけ優しい笑顔で手招きをした。

「悪いね。怖い思いをさせた」

　お兄さんがそばまでやって来た。

　再びお兄さんに連れられてきたのは、雑木林にある屋敷だった。周りは白いままだが、屋敷と梅の木が取り残されているようにそこにあった。

「天狐！」

　中から慌てたように翁が飛び出してきた。私の姿を見つけると、目を丸くして見開いてお兄さんの元へ走って来た。

「なぜ連れて来た⁉」

「よくわかっていない様子だったし、ここへ来た方がいいだろう？」

　お兄さんが当たり前のように言うと、翁は呆れてため息をもらした。

「お前は……。長くこちらの空気をこの子に吸わせるな。戻らなくなるぞ」

「そうだな」

　大狐が少しだけ小さな姿で屋敷の中から出てきた。

「お前が日向を気に入っているのは知っている。だが、今のこいつでは消滅するぞ」

　お兄さんを責め立てるように大狐と翁が厳しい視線をお兄さんに向けた。

　お兄さんはうーん、と唸りながら私を見下ろした。静かに見つめ返していると、ふっと表情を緩めた。

「……帰ろうか」

寂しそうに笑って言うお兄さんに首を傾げながら頷いた。

「日向、明日は夜にも祭りがあるんだが、来るかい？」

少し心配そうなお兄さんは、浴衣の裾を払って目線を合わせてくれた。お兄さんの袖裾をきゅっと握った。

「行くよ。約束」

＊　＊　＊

ミチカがきれいに閉じてくれた包み紙を適当につかみ、大股で乱雑に部屋を出た。

「また、いつでもおいで」

母親だけが玄関に見送りに来て、言った。

「……じゃ、あ」

詰まりながら返し、最後に一度だけ母親を見た。

『お母さんとちゃんと話して』

ミチカに笑われるわけにはいかない。

背筋を伸ばし、息を静かに大きく吸い込んだ。

「じゃあ、お母さんも元気で」

まっすぐ見つめ、相手の反応を待たずに玄関を出た。

少し歩いてから少しだけ首を後ろへ向けると、庭の窓からタカバさんだけが穏やかな笑みで手を振っていた。

＊　＊　＊

夏の夕日が教室に差し込んでいる。

いつも通り教室でミチカとおしゃべりをしたあとに、図書館に本を借りに行った。

歴史系の本ばかりを借りて、両手に抱えて教室に戻ってくると、絵になる様子でミチカが窓際の席に座っていた。姿勢正しく、開け放たれた窓の外を見つめている。夏の少し熱い風がミチカの髪を舞い上げるが、気にする様子もない。

笑顔もなく、空を見つめているだけだから、いつものように何かがいるわけではなさそうだ。

「ミチカ」

教室のドアのところから声をかけると、ゆっくりとこちらに首を動かした。

穏やかな表情で、私を見るとすぐに微笑んだ。

「いっぱい借りたね」

窓際の自分の席に行き、重い本をドンッと机に置いた。

本はよく読むほうで、図書館で借りる時には上限の十冊まで借りる。だいたい歴史物の小説が多く、家の本棚にもそういうのが場所を占めるようになった。

「日向、歴史の先生になれば？」

予備の袋に本を詰め込んでいると、ミチカが突然言ってきた。すべてを入れ終えてから、帰る準備万端のミチカを見た。江口先生にも言われたことをミチカにも言われるとは思わなかった。少し考えてから、少し爽やかになった風を感じた。

「考えとくよ」

そう言うと、ミチカは風が入り込んできた窓に視線を投げた。

誰かが来たのか。

私も真正面に見える夕焼けの空に目を凝らした。私も、ミチカと同じものを見てみたい。無言のまま根気強く見ていると、きらきらと輝く何かが見えた。興奮した心持ちで、桟に手をついて身を乗り出した。

もっと見てみたい。

夢中で身を乗り出していると、両肩をひんやりとしたものがつかみ、力強く押し返した。

『日向、危ない』

熱を一気に覚ますように、透き通った声が耳元でした。

一歩下がって目線を上げると、窓枠に座った空色の浴衣を着た男がいる。薄灰色の髪で、彼の周りに少しだけ夏とは思えない空気が舞い上がった。

夢か。

　ミチカを振り返り、男を見て冷静に考えた。

　ミチカは懐かしい制服を身にまとっており、私もさっきまでは同じ格好のはずだったが、今は私服で突っ立っている。後ろから歩んできたミチカは男の手を取り、私に笑顔を見せた。

「私、大学では歴史勉強してるから」

　声が震えそうになるのを抑えて伝えた。

　また、ミチカがいなくなるのを見ることになる。

　瞬きをするのも惜しむくらいに、幸せそうな二人の姿を目に焼き付けてから、乾き始めた目をゆっくりと閉じた。もう一度開けると、目の前にいたはずの人たちは消え、代わりに机の上に白梅の枝が置かれていた。体にまとわりつくような風を受けた後、すぐに澄み切った風が梅の花を揺らした。

＊　＊　＊

　目が覚めて、まだボーっとする意識の中、時計を見ると四時過ぎを示している。

　ソファに沈む前にケイコにだけ、小学校の時のことを話した。小学生の頃の私の失踪が神隠しのことだ。携帯では、ケイコの「そう」という簡素な返信を最後にやりとりが終わっていた。

のっそりと起き上がり、ソファから降りて背もたれに掛けていたコートに袖を通した。周りを見ずにいると、後ろから早く帰ってきたお父さんが声をかけた。

「おはよう」

びっくりして振り返ると、立って水を飲んでいた。

「おはよう。……あのさ、今からちょっと行くとこあるんだ。夜にはちゃんと戻ってくるから」

お父さんは小さく頷いてくれ、再びミチカのお母さんが住んでいるアパートの前に向かった。

アパートの前にはまだ誰もいない。鞄から写真を取り出して眺めた。雑木林のお兄さんとのやりとりを思い出してから改めて見ると、懐かしい思いが強くなってくる。思い出すことがなくなったのは、いつかミチカが言っていた通り、関わってはいけなかったからだろうか。

「日向さん?」

写真を夢中で見返していると、前方から聞き覚えのある柔らかい声に名前を呼ばれた。目線を上げると、ミチカのお母さんが買い物袋を提げて、小首を傾げている。慌てて頭を下げた。

「家に用?　ちょっと散らかっているけど、どうぞ上がって」

ミチカのお母さんはそう言って、すたすたと進んで階段を上って行った。一番奥にある家の鍵を開けて、中にお邪魔すると、四日前に来た時と変わらず整えられている。淡い色が多く、夕焼けが部屋に差し込んでいる。

「ちょっと待ってね。……そこに座ってもらって構わないから」

小さいテレビの前に正座し、右隅にある仏壇を見た。前に来た時とは違う花が活けられていて、ミチカの好きな朱色の花だ。

ミチカのお母さんはせっせと買い物袋の中身を冷蔵庫に移している。買ってきたばかりの茶葉を淹れ、ゆったりとした動作で私の前に座った。お茶を差し出され、お礼を言いながら鞄に手をかけた。

「あの、これ」

預かっていた写真を鞄から取り出して、机の上に出した。ミチカのお母さんはそれを見ると、嬉しそうに頬を緩めた。

「わざわざありがとう」

手に取って眺め、私に微笑みかけた。

ミチカのお母さんの穏やかな目を見つめ、口を開いた。

「そこに写っているキツネの面をした人に先に会ったのは、私だったんです」

ミチカのお母さんは何も言わずに、ただじっと穏やかな目をしたまま私を見ている。

「ミチカとその人を引き合わせたのは私なんです。本当だったら、私がいなくなっていたんだと思います」

本当にそうなったかどうかわかりもしないことが、ぺらぺらと口をついて出てきた。

確信はないが、あの夏祭りに行っていたら違う今があったはずだ。ミチカはあの夏祭りに行ったから、今いないのだ。

「あの子、小学生の時に夏祭りに行った日は楽しそうだったの。だから、寂しいけどしょうがないのよ。今あの子がいないのは、あの子自身が決めたことだから」

しょうがないという風に笑いかけられるが、うまく笑うことができなくて目線を外した。

「ミチカが中学校の時に気味悪がられていじめられているのは薄々勘づいていたの。でも、学校から帰ってくると決まって笑っていたから何も言えなくて」

ミチカのお母さんはいとおしそうに写真を見つめ、手を這わせた。穏やかな笑みは変わらないが、寂しそうな雰囲気を感じる。

「一日だけ泣いて帰ってきたことがあってね。その時にチャンスだと思って聞いてみたんだけど、『約束した人がいるから、その人が来るまで泣くのを我慢しなくちゃいけない。その人がいないというのを認めたくない』って言って、目に涙いっぱいためて泣くのをこらえていたの」

ミチカのお母さんは泣きそうな目を私に向けた。目だけに影が落ちている。

「それまで信じてなかったの。親なのにね。ずっとミチカは一人だったんじゃないかと思うの。だから、今はどんな形であれ、約束を守ってくれてよかったと思っているわ」

ミチカのお母さんは「たぶん、今は笑顔ね」と私に笑いかけ、声を上げげた。夕焼けに照らされているミチカのお母さんを目を細めて見つめた。

ミチカのお母さんは諦めが含まれているのかもしれないが、ミチカの選択を理解しようとしていた。机の上にある手は爪が食い込むのではないかと心配になるほど強く握りしめているが、表情は悲しげに笑みを浮かべていた。

ミチカのお母さんは高校の写真に一瞬だけ目を向け、微笑んだ。

「ミチカと友達になってくれてありがとう。高校の時は、いつもあなたのことを話していたわ。あの子にとって、日向さんも特別な人だったのね」

息を吸い込んで、ミチカのお母さんの言葉をかみしめた。

私としては、何か特別なことをした覚えもないし、むしろ小学生の頃のことを忘れていたんだからひどいことをしていた。それでも、ミチカが手紙で伝えてくれ、ミチカのお母さんが言った通りならよかったのかもしれない。

「またいつでも来て。ミチカも待ってるだろうから」

俯き気味だった顔を上げた。

「じゃあ、私はこれで」

立ち上がると、ミチカのお母さんも立ち上がった。玄関まで見送りに来てくれ、玄関先で向かい合って頭を下げた。

「日向さん、ありがとう」

玄関の扉が閉まる前に、ミチカのお母さんの声が届いた。

「ただいま」

声をかけると待ちかねたようにお父さんが振り返った。鞄も持っていたから、そのまま近くのちょっとリッチな寿司屋に赴いた。お父さんが払ってくれるから、遠慮なく思う存分久しぶりの寿司を味わった。

「東京はどうだ？　せわしいだろう」

結婚以前は東京の大学、東京の支店にいて、東京で生活をしていたお父さん。懐かしいのか、柔らかい笑みを浮かべて私の言葉を待った。

「うん。一日が早い」

「大学生はただでさえ、バイトにサークルにと忙しいからな」

お父さんがビールグラスを傾けた。

私の前にも同じものが置かれ、ためらわずに口にした。

「今度休みが取れたら東京に行くよ」

いつになるかわからないことをお父さんが言い、おかしくなって笑い声が出た。

お父さんの仕事はなかなか休みが取れない。お父さんが東京に来るのは定年になってからかな。それまでは私がこっちに顔を出しに来なければ。

「いや、行く」

私の考えが伝わったのか、意地のようにお父さんが言った。

「楽しみにしてる」

笑いが収まらないまま、頷いた。

お父さんの勧める寿司を何貫か食べたあと、お父さんがビールのお代わりをしたタイミングで箸を置いた。

「大学卒業したあとも、歴史の勉強を続けたい、と思う」

お父さんは動きを止めた。

緊張感で体の動きが鈍くなりながら、手に力をこめないようにしてお父さんの目を見た。

「大学院ってこと？」

「……わからない。大学院に行くかもしれないし、そうじゃないかもしれないけど」

曖昧な答えにも、お父さんはずっと穏やかな笑みで居続けた。

「学校でもいいし、研究所や博物館に勤めるって選択肢もあるし」

肯定的なお父さんの答えに、一瞬寿司を取る箸が止まった。

「でも、就職の方が……」

「お金だったら、心配しなくていいよ。好きにしなさい」

穏やかな口調のまま諭され、口を噤んだ。

柔らかな声に名前を呼ばれ、湯気の昇る湯呑みから視線を上げた。いつも通りのお父さんの笑みが待っていた。

穏やかな声色で、優しく口を開いた。

「まだ二年ある。後悔しないように考えなさい」

The 7th Day

「おはよー」

リビングで納豆をかき混ぜているお父さんの隣に座って、用意されている納豆を同じようにかき混ぜた。白くなる前で止め、ご飯の上に掛けた。

「今日までか」

お父さんが残念そうに肩を落とした。

お父さんとはいつでも会いたいと思っているが、こうも落ち込まれるとどう言葉をかけたらいいか迷う。納豆ご飯をかき込みながら、お父さんを見た。スーツ姿で髪型もセットされていて、申し分ないカッコ良さのはずなのに、そのカッコ良さが半減している。

「まぁ、今度は東京に」

ご飯を食べ終えてから、お父さんに向き合った。

お父さんは期待のこもる目で私を見て、力強く頷いた。

「見送りにはいけないが、気を付けるんだぞ。変な輩にはついていくなよ」

仕事に向かう前に玄関先で、小学生に言い聞かせるように何度も繰り返した。

私が頷くのを何回も確認して、揚句、私に同じことを復唱させた。これで、会社では仕切る立場にあるんだから、ケイコたちには恥ずかしくて見せられない。

「会社遅刻するから！」

いい加減うっとうしくなり、追い出すように家から出して玄関の扉が閉まったのを確認してから部屋に戻った。

特に汚れている所もないが、掃除機をかけ、雑巾で床を拭いた。リビング、自分の部屋とやった後に、キッチンや水回りを磨き、少しほこりがついている窓も透明になるように拭いた。

昼近くまで掃除をしてから、七日分の荷物を持って家を出た。鍵を閉め、お父さんがくれると言った合い鍵はキーケースにちゃんとしまった。

ケイコは今週バイトは休みだと言っていた。バイト先は名駅付近にあるおしゃれなカフェらしい。

ケイコの家の前を通り、やり取りした内容を思い出し、彼女の家の前に広がる雑木林を間近に見据えた。ロープで立ち入りを制限されているが、前のように跨ぎ一人で進んだ。

昼間でもやはり雑木林の中は薄暗い。

鳥が羽ばたいたり、虫がカサカサと枯れ葉を動かす音ばかりが聞こえてくる。

開けた場所に出ると途端に明るくなるから、目が眩む。

以前に来た時よりも白梅は花をつけている。屋敷の方に目を向けるとやはり朽ちている軒先が見えた。息をついて一歩入ると一瞬身が固まる涼やかな空気が漂った。屋敷は朽ちたままだったが、白梅の方に目を向けると人が立っていた。

薄い灰色の髪を揺らしながら、空色の着物を着た後ろ姿だ。

チリン、とどこからともなく風鈴の音が木霊した。

音が響き終わると、お兄さんがゆったりとした動作でこちらを振り向いた。

「やあ、日向。来てくれたんだね」

お兄さんは涼やかな微笑みを湛えた。

お兄さんにためらいながらも頷いた。頷き、もう一歩踏み出した。

お兄さんのそばに寄るたびに風鈴の音が聞こえた。お兄さんは何も言わずに待ってくれて、最後に真っ白いきれいな手を差し伸べた。差し伸べられた手に体を固くすると、フフッと愉快そうなお兄さんの笑い声がした。

「大丈夫だよ。あの日みたいにどこかに連れていかないから。ただ、ここを離れたあと、厄介な輩がここを根城にしていてね」

お兄さんが微笑みをスッと消して屋敷の方を見つめた。

同じように見ると映画や小説に出てくるような妖怪が数体目を覗かせていた。

「あいつらは臆病だからね。大勢でわいわいとしていたら悪さはしないんだが。一人だと襲ってきたりするから。念のためにね」

お兄さんはそう言ってあと少しの距離にあった手を伸ばして私の手をつかんだ。

自分の方に引き寄せると、開いている掌を空に出した。お兄さんが軽く手に息を吹きかけると、額から顔を半分覆う狐の面が出てきた。

「これは魔除けを籠めたものだ。今はミチカが着けているよ」

お兄さんは慣れた手つきで私の目元に面をあてがい、頭の後ろで朱色の紐を縛った。

圧迫感は一切なく、視界も面を着けていない時と同じだ。遮るものはなくクリア。

「すご……」

「普通のお面とは違うからね。ほら、視界を遮ると輩の動きが見えないだろ？」

お兄さんは内緒話をするように声を落とし、楽しげに話した。

お面の効果は絶大なのか、さっきまで見えていた頭が引っ込んで出たそうに時折出し入れする手だけが見えている。

「……どこかに連れて行ったあの日、次の日に約束破ってごめん」

屋敷を向いたまま唐突にお兄さんに投げかけた。様子を見るようにお兄さんに目をやると、久しぶりに見る薄い色の瞳が悩ましげに彷徨っていた。

「いや、僕も悪かったからね」

お兄さんは髪と同じ薄い灰色の眉を下げた。

「あの日行ったのは、神様の世界？」

「あぁ、小さな神が多く住まう場所だよ。以前はここに入り口があったんだが、今は塞がってしまった」

お兄さんは梅の幹に手を乗せた。

お兄さんの隣に並び、梅の木を見上げた。お兄さんが触れると力を取り戻したように花をいくつも咲かせた。ここで遊んでいた小学生の時にも見たことのある光景だ。

「なんで私は覚えてなかったの？」

「翁だよ」

天狐は片眉を吊り上げた。「彼が、君にまじないをかけたんだ。危ない目に遭わないように」

私は屋敷を見た。さっきいた妖怪たちは天狐の力に少しだけ慣れたのか、また目が見えていた。じっと妖怪と目が合っていると、急に天狐が視界を空色の着物で遮り、同時に大きな風が舞い上がった。

「あまり見ない方がいい。君は翁を覚えてる？」

白梅をいくらか咲かせたあと、お兄さんが私を見下ろして問うた。

白い長いひげを蓄えたお爺さん。能のお面に出てくる翁そのままの人だった。

「君を連れて行った時、翁にずいぶん叱られたよ」

当時のことを思い出しているのか、お兄さんは愉快そうに肩を揺らして笑った。

「他の人のことを考えずに行動しすぎだ、と。でもまた、同じことをしてしまったよ」

今度はすまなそうに肩を丸めた。

思い出の中と同じ服装のお兄さんに怒りもなく向き合った。

「でも、ミチカは、笑ってるんでしょ？」

ブレスレットを触りながら聞くと、彼はいとおしげに目を細めた。

「あぁ。懲りずに隣にいてくれている」

ミチカのお母さんが言っていたように、ミチカは幸せらしい。

母は偉大ってやつだ。

「そっか」

ちょっとだけ晴れた気持ちで、体ごとその場で回った。周囲を見回す中で、さっき来た道を眺めてから大木を見上げた。

「日向には、そちらの世界の方が合っているのかもな。うつろいやすく、だからこそ懸命に生きている世界が」

私の動きが止まるのを待っていたかのようにお兄さんが言葉を口にした。

お兄さんをそっと目にした。合った目をふっと細められ、背中に冷たい風が流れた。

今まで感じたことのない空気感の違い、壁が一瞬にしてできた。

天狐は口端をすっと持ち上げた。

「あの日、日向を帰したことは良い選択だったと思ってる」

思い出すように天狐は遠い目をした。

「そう？」

「あぁ。お前には友人がいるだろう」

「ミチカにもいるから」

自信を持って強く天狐に伝えた。

「お兄さんの術使わなくても、覚えてるから。忘れたとしても、思い出す」

「日向」

天狐の爽やかな風がそっと頬に触れた。

「たまには遊びに来てよ。一人はさみしいから」

「お前には友人がいるだろう」

もう一度お兄さんが言い、後ろを見やった。

つられて振り返ると、ケイコとユリナがやってきていた。背中に隠れるユリナを若干うっとうしそうにケイコが歩いている。

「ほら、いるだろ？」

僅かな爽やかな風。

再び吹いた風に、慌てて首を動かした。

ほんの少し、間にあった視界では、お兄さんの淡い笑顔が残った。

「ありがとう、日向」

ユリナとケイコはお兄さんの薄っすらと残る姿を見たのか、顎が外れるんじゃないかというほど口をあんぐりと開けていた。そのまま駅への道すがら問い詰められ、お兄さんが関わったすべてを話した。

「んじゃ、昨日の話は本当ってことか」

ケイコの問い詰めに静かに頷いた。

ユリナは興味深そうに話を聞いていた。ケイコは桜が脇に植わっている坂の上を振り返って見上げた。

坂を上り切って右にまっすぐ行くと、思い出深い雑木林が広がっている。ちらと目線だけを上げ、すぐに目の前にある小さな駅に向き直った。

二本だけ伸びる線路を渡り、真新しい駅舎に入り込んだ。

冷たい風も吹かない今日は、日がよく当たっている外に出て電車を待った。

今日はコートがいらないくらいの暖かさで、二人ともコートは着ていない。荷物になるのが嫌で、私だけが暑そうにしている。

三人で赤い電車に乗り、名駅へ着いた。

地下の名駅からタクシーの多く泊まっているロータリーに出た。やっぱり名古屋も人が多い。タクシーに乗る人はごく僅かで、ほとんどの人がロータリーを横切って、ミッドランドの方や、新しくできたタワーへ向かっている。

「さー！　どこで食べる？」

外に出た瞬間大きく胸を張りながらユリナがくるりとこちらを振り返った。

「どこでも。何の店があるか、わかんないし」

私が言うと、「だぁよね〜」とユリナが言い、思案してから私とケイコの間に入った。腕を組まれ、その場でぐるりと方向転換した。

「上で優雅にランチは？」

「ミッドランドもあり」

ユリナの提案に被せるように、ケイコが真隣のユリナを見下ろした。

ユリナは首だけ動かし、後ろにそびえるミッドランドを見上げた。私の記憶が確かなら、映画館やブランドショップがある。

「じゃ、リッチに行きますか」

ユリナを真ん中にしたままミッドランドに向かって歩いた。

名鉄百貨店とをつなぐ大きな横断歩道を渡り、入ったミッドランドの一階は記憶通りブランド店ばかり。四階にレストランが集まっているらしく、ガラス張りのエレベーターに乗った。上から見えた地下一階は広々とした空間があり、そこから四階までは吹き抜けになっている。

「どんなレストランがあるの？」

「イタリアンと和食とか」

「スペイン料理の店が、駅側にあって景色いいかも」

ユリナが思い出しながら言い、ケイコが顔を覗かせて答えた。

四階に着くと、ケイコの案内でスペイン料理のお店に入った。ケイコの言う通り一面ガラス張りのカウンターがあった。ウェイターに通されたのは、景色が一望できる四人部屋の個室だ。

メニューを適当に頼み、料理が来るまでの間ドリンクでテーブルを囲んだ。私が一番右の窓側、その隣がケイコで、私の前がユリナだ。

「また何か月か会えないのかぁ」

ユリナが手足を伸ばして寂しさを見せるわけでもなく言った。

「暇な時は遊びに行く」

「ケイコは大変でしょ。専門にも行く気なんでしょ？」

こっちに帰ってきてから知ったケイコの人生計画を話に出した。

ケイコのカフェ経営の夢を話すと、ユリナは驚きながらも楽しそうに聞いていた。

「なんにせよ、働き出しても会おーね」

ユリナがニコリと笑顔で言った。

「何年後よ」

遠い先の話をされ、ユリナに思わずこぼした。

「まだ、大学生活二年はあるよ」

ケイコも同意を示し、ユリナだけが悩ましげに唇を尖らせた。

「そーだけど。ウチ、短期で留学したいし。やりたいことといっぱいあるから足りない！」

「えっ！　ユリナ、留学したいの⁉」

初めて聞いたユリナの計画に思わず声が大きくなった。

ケイコも同じように感じたのか、声が重なり、ユリナが不愉快そうに眉をひそめた。

「別に変じゃないでしょ！　ウチ、交流文化なんだし！」

「あー、なんだっけ？　英語系？」

「うん。ウチは観光選択してるけど、英語教育とかビジネスとかいろいろあって。提携してる留学先も結構あるんだよ。アメリカの短期留学もあって」

「じゃ、それで行くの？」

聞くと迷わずに頷いた。

「サンディエゴ。今年の夏に行くつもり。そのためにバイトでお金貯めたし」

「あんたって、意外としっかりしてるよね」

ケイコの発言にまたムッとしたのか眉が一瞬だけ寄った。

「じゃ、他にやりたいことは？」

私は二人の顔を交互に見た。

先に答えたのはケイコだった。

「料理の勉強。あとは、いろんなカフェとか喫茶店行きたい」

「海外旅行。あと、彼氏ほしい！　今度、旅行行こうよ！」

「どこよ？」

ケイコが半笑いしながらユリナに催促した。ユリナは指を折って数え、きりっとした目つきでこちらを見据えた。

「ヨーロッパは制覇したいんだけど、短い日程でも行けるアジア圏は？　カンボジアのアンコールワット行ったり、ベトナムやタイのビーチでゆっくりとか、香港で飲み明かすとか！」

「香港ぐらいなら、すぐ行けそうじゃない？」

ケイコがユリナの選択肢から選んだのを聞き、横からちょっと間を開けて声をかけた。

「学校休んでヨーロッパ行くとか」

二人の視線を一身に浴びながら、タイミングよく運ばれてきたパエリアがテーブルの真ん中に置かれた。

「モモ、それサイコー」

「でしょ？」

片眉を吊り上げ、唇の片端を引っ張り上げた。

すでに大学の卒業単位は今度の前期で取得ができる面々ばかりだ。大学を休むことに関しては、なんとかなるはずだ。

「じゃ、ヨーロッパ行こっか」

ケイコはパエリアを取り分けながら、楽しそうな声色で呟いた。

「ヨーロッパだったら、おしゃれなカフェとかあるだろうし」

「なら、行き先はパリね。料理おいしいだろうし」

ケイコに取り分けてもらった皿を受け取りつつ言うと、ユリナは行き先を決定した。

「ユリナがアメリカから帰ってきてからかな」

ケイコは言ったあと、自分の分をスプーンで掬った。

「で、あんたは？」

ケイコが一口食べ、こちらに目を寄こした。ユリナも無言を貫くのか、じっとこちらを見ていた。

「やりたいことねぇ。特にはないけど」

言うと同時に横と前からため息をつかれた。「社会科の教員免許は取るよ。でも、大学院もいいかなって」

「……研究者になるの？」

「あー。そこまで先のことは考えてないけど。やりたい職業わかんないし。ほら、モラトリアム？　の延長を」

昨日お父さんに相談したばかりのことを二人に伝えた。

ユリナのように、海外で学んでみるのもいいかもしれない。手元を真っ直ぐに見つめ、ミチカが勧めてくれた「歴史」に思いを馳せた。

「何にせよ、私は歴史を勉強し続けるよ」

「冴木さんのおかげ？」

ケイコがクイッと悪戯っ子のように笑みを作った。ユリナはニコニコと笑っている。

「どうだろ。歴史がいいんじゃないかって言ったのはミチカだから、そうかも」

「偉大な存在ねぇ」

ユリナは両手で頬杖をついた。

「こっから二年間は楽しくなりそうね」

ケイコが満面の笑みで最後に言った。

終始止むことなく話が弾み、デザートは別の場所で、と店を出た。

レストランからすぐにエレベーターに乗り、地下一階へ降りた。地下は広々としたフロアで、ケーキ店が二店舗、パン屋が一つ、あとはカフェに箸屋にといろいろと揃っている。

「大声で笑える所に行こ」

「あと、長居できる所ね」

ユリナと私からの注文に、ケイコは嫌そうな目を一瞬だけ私たちに向けた。

「でもモモ、時間いいの？」

ユリナの言葉に、ケイコも横目でこちらを見てきた。時計を見ることなく肩を竦めた。

「へーき。まだ新幹線の切符買ってないし」

答えると、何も言われずに二人に引きずられるようにして名駅の地下へ連れていかれた。

ミッドランドの地下一階と繋がっている名駅の地下街。ちょっと年上の方の服とファストファッションに合う靴屋の間を通り左に曲がると、すぐにカフェがお目見えした。

「なんか、初日にも来たよね」

「長居できるっていったら、ここじゃない？」

「人、多」

ユリナとケイコのハモリの声に、小さく悪態をついた。

昼休みを過ぎちょうどおやつタイムの今、席が空いているかもあやしいくらいに人が集まっていた。ケイコと私を数人の列を作っているレジに残し、ユリナは席を見に店の中をずんずん進んでいった。

「ユリナが留学するなんてね」

注文する物は決まっているのか、ケイコはメニューを店員から受け取らずにユリナを見つめていた。私も同じように店の奥にいる彼女を眺めた。

「そだね。すぐに馴染みそうだけど」

奥のテーブル席を押さえ、ユリナがこちらを振り返った。

ユリナの注文するものは、ココアのホイップ多めだ。そのまま、ユリナは近くから椅子を持ってきて、ソファの席に腰かけた。

「羨ましい？」

ケイコの感情の読めない顔を少しだけ見た。

「…………」

黙ったままでいると、順番が来た。

三人分を注文し、列のできている受け取りカウンターに並んだ。

「ま、あんたが嬉々として夢語ってる姿も想像できないけどね〜」

ケイコが遠い目をして言った。

目の合ったケイコに目を細め、抑揚のない声を投げた。

「一番に語って聞かせてあげる」

カウンターに置かれた自分のドリンクに目をやった。

隣からは好奇の視線が向けられているのが、嫌でもわかった。薄ら笑いを浮かべたケイコが思い浮かんだ。

「楽しみにしてる」

ユリナの分も手に持ち、彼女が待つ席に向かった。

ユリナは子どものように私たちが戻るのを待ち構え、彼女の目の前にココアを置くと満足そうにした。

「モモにも夢が生まれるとはねぇ」

唐突に話を振られ、右隣に座るユリナをゆっくりと見た。

ユリナはマグカップに口をつけつつ、上目遣いにこちらの様子を窺っていた。

二人はさして興味もなさそうに相槌も打たずに、こちらを見たままだ。微動だにせず、私も何も話さずにマグカップをテーブルに置いた。

「なに？」

「あんたが、素直に答えるなんてね」

「そうそう。たいがい、言葉濁すくせに」

最後にユリナに厭味ったらしく言われ、眉が寄った。

「いつでも、素直なつもりだけど」

「なわけないでしょ」

声を揃えて言われ、肩を小さくし、居住まいを正した。

戻ってきた時にはなかったが、ささやかな目的ができた。

「では、もう一度」

背筋を伸ばし、二人を交互に見た。「私は歴史を勉強し続けます。まだ、詳しい内容は決まってないけど」

口端を吊り上げた。

隣のケイコにバシンと肩を叩かれ、ユリナは「オメデトー」と茶化していた。

After the Day　感じる風

「で、結局、手紙はどーなったわけ？」

東京に戻ってきて一週間ぶりのバイト。

ディナーの準備をしている時に、ナナがささっと近寄ってきて小声で聞いてきた。

「あー、あれね。うん。地元の友達からだった」

「はぁ？　宛先なしで愛知県からどうやって送んのよ？」

半ばキレ気味でナナが思ったことを口にした。

「あれだよ」

「あれ？」

「そう。超能力とか、そんな感じ」

ナナが作業していた手を止め、冷ややかな視線を寄こした。

「なに？　馬鹿にしてんの？」

「いや、まったく」

事実だけれど、真面目に答えたらそれこそナナに馬鹿にされそうだ。

ナナの視線から逃げるように裏に引っ込み、ディナーに必要な物を準備した。時々、準備した物を取りに来るナナに怪しげな目を向けられたが平然とかわし、店長の掛け声とともに即座にレストランをあとにした。

レストランを出るといつも通り暗くなっていた。大通りまでひたすら歩き、いつものカフェに入った。いつもと同じ席に座り、携帯を鞄から取り出した。

『また、遊びに行くねぇ!!』

電源を入れるとすぐに昼間に送られていたユリナのメッセージが表示された。

ユリナとケイコと作ったグループには、ケイコもスマートな『OK』のスタンプが押されていた。『早くおいで』とコメントの入っているスタンプを押すと、すぐに既読が二ついた。

左手首にはお父さんからの時計と、ミチカに貰っていたブレスレットが輝いていた。

コーヒーを飲み干し、携帯を握りしめたまま店を出た。


三年生になり、大学の授業が再開しても、今までと生活は何ら変わりなく過ぎていた。

変わったことは、ユリナとケイコとのヨーロッパ旅行の計画が現実的になっていることくらいだ。

ゼミ終わりの昼休み、広い教室で友人と過ごしていると、昼食を買ってきたメンバーが教室に入って来た。それを迎え、弁当組はそれぞれ鞄から弁当を取り出した。

「また銀髪にしようかと思って」

去年の夏、一度だけ抜いた髪色が似合っていた彼。銀髪に空色の浴衣、と今思うとお兄さんそのままの格好だ。そんなリョウ君が購買で買ってきた弁当を広げ、自分の髪を触った。

「変かな？」

光に照らされキラキラと光る彼の髪に目を奪われた。

リョウ君が苦笑いを浮かべ、聞いてきた。

「……いや。似合ってる」

「ほーんと。そんな髪色似合う奴なんてそうそういないから」

サオリも笑いながら同意した。

リョウ君は肩を竦めながら、楽しげに目を細めた。

「そろそろ夏になってきたし」

「そーやね。またみんなで行かん？」

関西出身の子が若干違うイントネーションで言った。

その場にいる皆で「いーね！」と言い合い、夏休みの計画を口にした。実家に帰る人や、サークルでの夏合宿がある人もいる。

私の夏は去年と変わらずバイトに追われそうだ。去年の夏を思い返しながら、箸を進めた。ただ、お父さんが夏休みに来ると意気込みのメッセージを送って来たから、去年通りにはいかないかもしれない。

「なんか、予定あんの？」

隣のサオリが肘で私の腕を小突いた。

鼻で笑い返し、箸を動かすのを止めた。

「まあね」

弁当を食べ終わってからも、授業のない私たちが教室でだらだらしている最中だ。他にも何人か仲の良いメンバーがいる。話を進めるうちに、旅行に行こうという話になり、全員で大学を出ることになった。それぞれが鞄に出ていた荷物を詰め、携帯を手に立ち上がった。

私も立ち上がると、さぁーっと開けていた窓から爽やかな風が入ってきた。

おしゃべりに夢中の皆は特に気にした様子もなくおしゃべりを続けている。

風が来た方へ視線を外さずじっと見た。

「日向？」

リョウ君に名前を呼ばれ、そちらに頭を動かした。

すでに皆は教室の扉の所に集まっていた。リョウ君とサオリだけが私の近くに立っていた。

「何かあった？」

サオリは私と窓とを交互に見た。

一瞬視線を動かそうとし、自分の手元が見えたところで止めた。今ではあることが当たり前となった銀のブレスレットに目を向けたまま、わずかに上がる口角をそのままに口を動かした。

「いや、特には」

二人とも眉間にしわを寄せて顔を見合わせた。

その後に、サオリが笑顔でクイッと親指で皆のいる方を指した。

「行くよ」

男前なサオリに笑いが込み上げ、雑に置いていた鞄を肩にかけた。

サオリとリョウ君の後ろを歩いていると、今度は舞い上がるような強い風が起こった。

サオリとリョウ君も驚いて、私の後ろを振り返った。

「何？　今日ってこんな風吹いてんの？」

「いや、今日は快晴で風もないでしょ」

サオリとリョウ君の会話が後ろでされているのを聞きながら、窓の方へ一歩進んだ。

さっきまで座っていた席に目がいくと、白梅の花が一輪だけ可愛らしく置かれていた。

白梅の花の周りに円を描くように指を動かした。唇が自然と上がり、しっかりと窓の外を見つめた。熱くなった目の奥に力をこめ、もう一度思い切り口端を上げた。

「またね。ミチカ」

著者プロフィール
石川 祷（いしかわ いのり）
出身地　愛知県
ホテル勤務後、現在教員として勤務

誰《た》れそ彼《かれ》

2023年2月15日　初版第1刷発行

著　者　石川 祷
発行者　瓜谷 綱延
発行所　株式会社文芸社
〒160-0022　東京都新宿区新宿1－10－1
電話　03-5369-3060（代表）
03-5369-2299（販売）

印刷所　株式会社暁印刷

ISBN978-4-286-23421-2